ちくま文庫

枯れてたまるか!

嵐山光三郎

筑摩書房

目次

枯れてたまるか！

序章　生きてる限り、あたしゃ枯れないよ

年をとると枯淡に生きなければいけない、という強迫観念にかられて、俗気を捨て
て、痩せ細り、ミイラのように徘徊する老人がいる。友と話さず、自我を捨て、欲が
なく、女を口説けず、新聞を読まず、映画館へも行かず、時代を超越した仙人みたい
になりたがる。

栄枯盛衰は世の流れであるけれど、枯れちゃいけません。

「船頭小唄」に、

〽おれは河原の枯れすすき

というのがありまして、どうせ、ふたりは枯れすすきだよなあ、といじけているの
はみっともない。いじけると体が砕けて粉末になっちゃうよ。

大学の同窓会に来た御老体が「青春だあ！」と叫んだり、肩を組んで寮歌を歌ったりするのは「踊る骸骨」「墓場へ向かう盆踊り」といったところで、枯れすすき化して、膝が痛いだの胃を手術しただの、目が悪い、歯がない、耳が遠い（私）、貯金が枯渇した、脳が溶けて物忘れしただのと病気の話ばかりするのはなさけない。

人間は消耗品ですから、老いてポンコツになるのは運命ですが、枯れてはいけません。

シャンソンの〽枯葉よ……を歌ったイブ・モンタンは、かなり高齢で子を儲けた。「枯葉」を歌っても枯れないところがご立派でした。木から舞い落ちる枯葉を子細に観察すると散ると見せかけて天高くあがったり、右へ左へ斜めに自在に移動している。枯葉百枚には百様の動きがある。なかには枯葉の形をしたドローンが飛んでいるかもしれないから御用心。枯れたふりは高齢者の高等技術であって、散ると見せかけて妖術を駆使するところに妙がある。

「あたし、呆けちゃったのよ」と言われるほど対応に困ることはなく、呆け自慢を聞くだけでうっとうしくなります。土堤下の川岸にしがみついている枯草はしみったれているし、霜にうたれて枯れきった花穂は未練がましい。

迷惑なのはお伽噺の『花咲爺』で、「枯木に花を咲かせましょう」と灰をまいて花を咲かせたパフォーマンス爺さんである。愛犬報恩により枯木に花を咲かせることなんかできるはずもなく、むしろ欲の深い老人の失敗談のほうが、身につまされる。老人の実態は欲が深いのだ。

枯れることは水分がない状態であって、枯山水（かれさんすい）の石庭というのは、京都に庭を造りすぎて、池へひく水がなくなってしまったから出来たのである。水がひければ枯山水など造る必要はなかった。そう思って龍安寺（りょうあんじ）の石庭をながめると、あの一面の砂と岩は、東京スカイツリーの展望台から見下ろす砂漠化した町に見えるではないか。

地球上の天然水は、蒸発、凝縮、流動しつつ循環する。水蒸気であったり、雲であったり、雨であったり、地下水であったり、人間であったりする。動物の六〇～八〇パーセントが水分であるから、人間は歩く水である。それが枯渇して水分がなくなると、あとは死しかない。死ぬ寸前は、枯葉の音が枕の中まで吹きまくる。死の寸前にざーっと吹いてくる音を聞いてみたいが、生きているうちは、枯れて粉末化してはいけない。

枯淡派は、体力があるくせに無理して枯れてみせ、才能も本能も、食欲も色欲も、見栄も希望も、すっかり捨てて防御に入る。物わかりのいい老人になって、かどがとれて、酸（すい）も甘いも嚙みわけた気になるが、それじゃ、新芽も出てきません。年をとると、老人の新芽が出てくるのです。これが年代物の新芽であって、至福の味わいがあり、オールド・タイマー（古参）になる。オールド・ファッショングラスで飲むサントリー・オールドの味である。

「How old are you?」「I'm suntory old」熟成してこくがあり、香りが高くて、キック力がある。

古顔で、オールドファッションで、へそ曲がりで、わがままで、時代遅れで、老練で、したたかで、そのまま、そのまま。

年をとったぐらいで、物わかりのいいジジイになるなかれ。頓着せずに楽しもう。孔子は『論語』で「七十にして心の欲する所に従えども、矩を踰えず」といいましたが、「矩を踏みはずして反省しなかった」ひとりが一休です。一休はカラスが鳴くのを聴いて悟り、七十七歳のとき、盲目の森という女と愛欲生活をおくり、「森女のヴァギナは水仙の香りがする」と書いた。森女は四十歳ぐらいの色白の美女で、一休は森女との情痴を、かくさず『狂雲集』に書き残した。七十七歳にして、悠々閑閑、だれからも愛され、ついには「一休さん」のとんち話で日本一の人気坊主になり八十八歳まで生きました。

正月になると竹のさきにシャレコウベをつけて「御用心、御用心」と洛中の家々をまわり「門松は冥土の旅の一里塚」といって歩いた話が知られています。

微笑仏の木像を刻みながら流浪した木喰（もくじき）は九十三歳まで生きて一千体以上の仏像を彫った。木喰が旅に出発したのは五十六歳のときである。これぞ、枯れることのない風狂の悦楽で、まずは恐山へ行き、北海道へ渡った。北海道西海岸には木喰が彫刻した仏像が多数残っている。エイヤッとばかり旅に出た木喰は「木喰はいづくの果ての行きだおれ犬か烏のえじきなりけり」という狂歌を詠んでいる。

年をとると男も女も体力が落ち、若いころのようなパワーが薄れる。しかし、薄れたぶん、柔道の受け身のような技を得て、余計な情報を捨てて、神髄がわかり、新しい発見がある。年をとらないとわからないことが山ほどある。わが老母ヨシ子さんが百歳になったとき、「いかなる御気分であるか」と感想を求めると、「あたしゃ、百歳という年齢をこれから初体験することになる。二十歳の娘がハタチを体験するときと同じで、初体験であるから、やってみなけりゃ、わからないわよ」と言った。「いつ死んでもいいとは思うけれど、積極的に死にたいとも思わない。なるようになるわよ、ケセラセラ」とドリス・デイの曲を歌って週二回のデイケアに通っていた。九十九歳の正月に、一族郎等三十人を接待して歩行困難となって倒れたが、三本足の杖で部屋を歩いて訓練し、「老いてますますわがまま」の日々である。毎朝、新聞を読んでいる。とくに佐藤愛子さんや瀬戸内寂聴さんの本を読んでいる。要介護4になっても枯れていません。

梅雨明けのころ、庭の奥の繁みに立ちすくんでいたから、「どうしたの?」と声をかけると、紫陽花(あじさい)の花の枝を、鋏で切ろうとしていた。紫陽花の花に手が届かないので、枝ごと切れと命じられた。左手に三本足の杖をつき、右手に鋏を持ち憮然としていた。一輪切って手渡すと、よろりふわりと縁側にむかって歩き出して能の「山姥(やまんば)」みたい。あわてて台所の入口から家へ入って、縁側からひっぱりあげた。翌日のデイケアで、絵手紙を描く講座があるので、紫陽花の花を切って、描く練習をしていた。負けず嫌いである。

今年の春、私がいないとき、玄関で転び、鉄平石の三和土(たたき)に三時間ほど寝ころんでいた。築七十年の家屋は父の友人が設計した昭和の文化住宅で、玄関が六畳間ぐらいあり、鉄平石の三和土が二畳ほどである。雪崩(なだれ)のように崩れて転んだため骨折せずにすんだが、自力で起きあがれなかった。それを防止するため玄関にはたてよこにプラスチックのパイプをつけ、工事現場のようになった。玄関の棚にはヨシ子さんが作った蘭の花の鉢が置いてある。造花だから枯れることがない。

枯れた花が嫌いで中庭の花壇には、近所の花屋に注文して、春夏秋冬の花を植えかえる。雑草とりや植木の手入れは、市のシルバーセンターが定期的に来てくれる。市村究一郎先生が主宰する俳誌「カリヨン」に入会し、句集を二冊出している。第二句集『九十二』からいくつか紹介いたしましょう。

朝顔の買われうき世の花となる

（市村評＝朝顔は店に並んでいるうちは生活感を持たない花だが、買われると同時にその人との生活が始まり、浮世の花となる。その瞬間を捉えて朝顔に「喝」を入れた）

歓声にわが声まじる大花火

（市村評＝歓声といえば他人の声と思っているところへ、はたと自分の声が入ってきて、他人の声は聞こえなくなる。心からの歓声、うめき声でも絶えず自分の心を持っていればこそ気付くこと）

長箸のこげて秋刀魚の焼け加減

片蔭を拾ひ拾ひてポストまで

大正に生れ米寿の屠蘇を酌む

枯菊となりたる鉢の置きどころ

年玉や女あるじとして上座

水うてばかまきり踊る夕べかな
難民のニュース見てゐる文化の日
信心の足りなき我（われ）に風邪の神
庭園の芝に呪符（じゅふ）めく茸あり
鳥に撒く大つぶ小つぶ雛あられ
菜の花や循環バスの乗りごこち
願ひごとあるようでなき初詣
白靴に足入れ心はずませり
紫陽花の花の重さを活けている
血圧の上がり下がりや日脚伸ぶ
セーターが五百円なり市民祭
祝われて何やらさびし敬老日
着ぶくれて電車一駅乗りにいく
義理ひとつ電話ですます暑さかな

第一句集『山茶花（さざんか）』では、

山茶花を活けて終日（ひねもす）家を出ず

という巻頭句を見て、私は実家に越さなくてはいけない、ときめた。

花吹雪いま極楽の老ふたり

サングラス氷河の水を口にせり

これはカナダ旅行の吟で、父とふたりであちこちと旅行をしていたが、平成十三年四月に父が他界した。

花のもと散るを待たずに逝かれけり

がそのときの追悼句であった。一年間はしょんぼりしていたが、枯れるどころか、たちまち念力で復活した。

梅雨の子や上下の違うパジャマ柄

（これは私の長男のねぼけ姿の吟）

秋風を透かし原爆ドームたり

（戦火に巻きこまれて九死に一生を得たヨシ子さんは、父ともども反戦の人だ）

藁布団（わらぶとん）つくりし頃やもの悲し

（この吟はＮＨＫ全国俳句大会の生放送で、特選句に選ばれ、ヨシ子さんの名がテレビ画面に出て、多くの祝電を貰った）

ご先祖の法事すませて泥鰌鍋

（父の菩提寺は浅草のどぜう汁屋の近くにあった）

夏はやたらと蚊がふえるのでヨシ子さんは、知りあいの植木職人に頼んで庭じゅうの樹に消毒液をまく。枯れた花を見つけると自らひっこ抜く。「枯菊となりたる鉢」はしばらく物置小屋の奥へ置くが、暮れにはひっこ抜く。ヨシ子さんがいなくなったら、庭の手入れをどうしたらいいかわからない。老朽化した家を壊すのが、私に残された課題であるが、もうひとつの問題は古書の整理である。

近所を散歩すると、人が住まなくなった陋屋がそこかしこにある。廃屋は一年で化物屋敷と化し、蔦が津波みたいに家屋を覆う。植木や草などの植物は、人間に管理されているうちは従順だが、ひとたび住人がいなくなると暴力的に襲いかかる。獰猛である。植物は天変地異がない限り枯れることがない。人間は植物がなければ生きていけないが、植物は人間がいなくても生きつづける。木が枯れても、草は生きる。人間は寿命がつきれば死ぬことがわかっているから、生きているうちは枯れないように気合いを入れる。自分に対する「喝！」である。

人の真似をせず、あらゆることを自分の頭で考える。思いついたことはすぐにメモをとる。自由自在奔放に生きる。だからときどき失敗をする。

お恥ずかしい話だが、せんだって電車の棚に忘れ物をした。かばんを膝に置いて座り、文庫本を読んでいて中央線中野駅で乗り換えるときあわてて飛び降りて棚に載せた荷物を忘れた。その一週間前には、ゆりかもめの豊洲駅で封筒を置き忘れた。こういうとき重要なことは、あきらめないことである。ああ忘れたあ、もうだめだあ、モーロクした、とがっくりして、ショックを受けてあきらめてはいけない。失敗したときは、すぐさま対策にあたることが要諦である。私の場合は一緒にいた麗人に助けられた。女性が頼りになる。仲のいいガールフレンドが命の綱である。

私はひとり旅が多かったので、ほとんど忘れ物をしたことがなかった。外国で物を盗まれたことも少ない。国際線飛行機が遅れて予定が狂ったことや、トランジットで荷物がなくなったときの対応も、どうにかきりぬけた。船が沈んだり、川で溺れたり、銃で撃たれたり、死にそうになったことも五、六回あったがいずれも乗りきって、しぶとく生き残った。運が強い。失業して路頭に迷ったときも、友人に助けられた。おかげで八十一歳までは、どうにか、きりぬけてきたが、さてこれからどうなるか。運は使い切っても、また出てくる。どこからか新芽の運がくるのである。

ドイツ文学者の高橋義孝（よしたか）（通称ギコウ先生）は、晩年、入院した高齢者（七十歳以上）の見舞いに行き、アンケートをとっていた。それは、「いままで、いいことと悪いことと、どっちが多かったか」という質問で、百人余のデータ（回答）を得た。それによると、七十歳をすぎた人は、ほぼ全員が「吉凶は半分こ」だった。大会社の社長や文化勲章受章の歌舞伎役者や、起業して大儲けした人は「いいことはいっぱいあったが、いやなこともいっぱいあった」。そのいっぽう篤実な文学研究家や小企業の経営者、律儀なサラリーマン、市井の実直な職人たちは「いいことはちょっとしかなかったが、いやなこともちょっとしかなかった」。

ギコウ先生は、いささかつまらなそうな顔をして「七十歳をすぎれば、だれもが吉凶は半分こなんだよ」と教えてくれた。吉凶はあざなえる縄の如し。

運はあらゆる人に平等にやってくる。確率は平等である。では、運が強い人と、運が弱い人の違いはどこにあるか。運に強い人は、「強運がくるとき」を平常心で狙っている。虎視眈眈と狙っている。それは獲物を待つ虎のようだ。ひとたび「運」がきたときは、わしづかみでとる。気合いでとる。「運」がこないときは、ひたすら我慢して耐える時間も必要だ。ついていないときに平常心を持続させることは体力も精神力もいる。じつは負けつづけているときに「強運」がくる。

「待てば海路の日和(ひより)あり」というではないか。「海路」の日和がきたときに、迷わず突っ込む。

ところが、なにをやってもうまくいかない人は、捨てばちで弱気になり、気力が枯れてしまうため、せっかく「強運」がきたときに、つかみとれず、呆然と見逃してしまう。どうせだめだ……とあきらめているうちに「運」は逃げていってしまう。

長い人生では、「勝っているとき」と「負けているとき」がある。勝ちつづけているときは、じつは危険な予兆をはらんでいる。勝っているときが怖いのだ。油断すると命を落とす。将棋の藤井聡太四段（15）が勝ちつづけていたとき、はらはらした。二十連勝したあたりからメディアは「天才中学生現われる」と報道した。これほど勝ちつづけると、その背後に暗黒の悪魔がとりつき、凶事がおこるからである。二十九連勝したときが、その頂点であった。運の神は、凶を司る神でもあって、三十連勝すれば、あとが恐ろしい。といっても、わざ負け（わざと負けること）をすれば、運の神が逃げていってしまう。

佐々木勇気五段（22）は、対局前、駒を並べる手が震えるほど緊張していたが、終始、盤面を支配して勝った。これは藤井四段にとって「よい負け」であって、この一敗によって「凶事」を消した。

私は七十五歳になったとき、先輩編集者の大村彦次郎氏に『嵐山版・瘋癲（ふうてん）老人日記』を書きたまえよ、と言われた。大村氏はなかば伝説と化した編集長であって、講談社取締役文芸局長を務め、山口瞳、野坂昭如、井上ひさし、村上龍、村上春樹など多くの作家の文壇デビューに尽力し、池波正太郎『仕掛人・藤枝梅安』や笹沢左保『木枯し紋次郎』などの評判作を企画し、ヒットさせた。『文壇栄華物語』（新田次郎文学賞）、『時代小説盛衰史』（長谷川伸賞）など文壇物語を執筆している。

　編集者という商売には文科系体力が必要で、企画する本能、直感、持続する意志、あとは茶目っ気と義理人情があれば、どうにかやっていける。最も重要なのは直感である。

　そのほか二名の先輩編集者に『瘋癲老人日記』を書けといわれたので、「あたしゃ、谷崎潤一郎のような大物作家じゃありませんよ」と腰を低くして恐縮した。谷崎が、老人の性を題材とした『瘋癲老人日記』を「中央公論」に書きはじめたのが七十五歳（一九六一年十一月）だから、七十五歳の私にあてはめたサービスであると気がついた。谷崎が小説『刺青』を書いたのは二十四歳で、荷風が「三田文学」で激賞するや、たちまち時代の寵児となった。以来七十九歳で没するまで、谷崎はえんえんと話題作を発表しつづけた。七十歳のときの『鍵』は五十六歳大学教授と、四十五歳妻との性生活の物語であり、七十五歳の小説『瘋癲老人日記』は、老人のわがままとマゾヒズム的快楽追求の小説である。年経るにつれ枯淡の境地を目指すようになる作家が多い中で、谷崎の飽くなき人間への興味と創作欲は力づくであった。

私は昭和三十七年（一九六二）、一月二十四日、二十歳のとき、中央公論社が東京産経ホールで行った谷崎潤一郎の文芸講話を聞いた。小林秀雄の講演に続き、女優の淡路恵子に肩を抱かれてゆらゆらと壇上に現われた谷崎は、甲高い声で七、八分話しただけで、さっさと帰ってしまった。そのときは「これが大谷崎か」と茫然として全身が震えた。本物の色っぽい谷崎を見たのはあとにもさきにもあのときだけで、谷崎が肩に漂わせるふてぶてしい不良老人の殺気は、いまも私の記憶に焼きついている。

じつはこのとき、谷崎は狭心症で東大上田内科へ入院したあとの病みあがりで、学生の私はそんな事情は知らなかった。『瘋癲老人日記』は退院後の作品で、翌昭和三十八年（一九六三）五月に中央公論社より刊行された。この小説で谷崎は「死を考えない日はないが、それは必ずしも恐怖をともなわず、幾分楽しくさえある」と書いている。生を肯定し、生涯を虹色（にじいろ）の花壇に仕上げた谷崎だからこそ、死ぬこともまた楽しみになっていく。七十歳をすぎ、右手が不自由になりつつも、谷崎が書こうとしたのは、スキャンダラスな「性」そのものであり、それ以前の老作家が踏みこめなかった魔界である。老人のみが書き得る特権的老境であり、それを見定めるために、谷崎は齢（よわい）を重ねてきたとさえ思われる。

谷崎を全力で評価した三島由紀夫は「女体を崇拝し、女の我儘を崇拝し、その反知性的な要素のすべてを崇拝することは、じつは微妙に侮蔑と結びついている。氏の文学ほど、婦人解放の思想から遠いものはない。谷崎氏は決していわゆる女好きの作家ではない」と見破って、さっさと四十五歳で自決してしまった。「肉体と文学」を思考する三島の脳裡には、自分の対極として、谷崎の長寿が青大将のようにとぐろをまいたはずだ。

谷崎の晩年の創作欲をかきたてたのは、四十八歳のとき同棲（四十九歳で結婚）した松子夫人であった。松子夫人を女王に仕立てて、自らを茶坊主にする被虐的生活をバネとして老境小説を書いた。マゾヒズムを創作力に転換したところに二枚腰の凄みがある。谷崎は「百まで生きても書きたいことは書ききれない」と松子夫人に言ったという。遺体を安置して寺の住職が枕経をあげると、突然はげしい風が吹きあがり、停電となって、玄関に並べられた献花の多くがばたばたと倒れた。読経が終わると電灯がついた。松子夫人は棺をのぞいて「白菊に埋まる顔は、いつもよりよい色艶があり、火葬場で蘇るのではないか」と不安に駆られた。棺に納ってなお枯れていない大谷崎であった。

いずれにせよ「生きている人の世の中」である。六十八歳で他界した山口瞳さんは、よくこの言葉を使っていた。どんなに活躍しても、死んでしまえば、それで終り。葬式も法要も、生きている人がするのである。この世は生きている人のためにある。

年をとると、親しかった友人や先輩がつぎつぎに他界していく。二〇一四年には安西水丸（71）、赤瀬川原平（77）がたてつづけにいなくなった。瞑目すると、ついこのあいだまで遊びまわっていた五十～七十名ほどの亡友の名が頭に浮かぶ。若いころは「あの世」（冥界）など信じなかったが、年をとると、死者の霊魂が行く冥界が実在する、と思うようになった。あるかないかは実証できないが、あると信じたほうが楽しい。「冥土の土産」とは、老い先短い人が、現世で最後の愉しみをするときに言うが、冥土にいる友人と霊界通信して、「なにか欲しいものがあったら持っていくよ」と約束する手土産のような気がする。といっても故人が好んだ銘酒を持参するのは物理的に不可能で、お盆のとき里帰りする人に酒を供えるしかない。「黒猫天使の冥界宅配便」なんてのがあれば便利だと思う。他界した友と、冥土宴会をするのが愉しみだから、逝去や死亡ではなく「他界」という言葉を使っている。「他界」は値が高いの「たかい」に通じるが、少々値がたかいほうがサービスがいいんじゃなかろうか。ファーストクラスは高すぎるから、ビジネスクラスぐらいを予約しておこう。さてどこに予約したらいいか。

「死んだらどうなる」は、物ごころつきはじめてからの課題で、死ぬまで永遠にわからない。だからこそ、生きているうちにいろいろと予測する。わかっているのは、人間は自分の死を体験できないことで、「死んだ」という判断ができない状態が死である。そこまではわかるから、生きている限り、枯れてはいけない。水分補給だ。いざ海へ……。

と思い出して、ひさしぶりに、タチウオ釣りに出かけた。タチウオは幽霊魚といわれて神出鬼没である。海中の冥界を泳ぎまわる魚だ。早朝六時二十分に新安浦港に到着して「村上釣舟」のミヨシ（船首）に坐った。左舷胴の間（船の真ん中）に腰をおろす。LT（ライトタックル）の竿を使い、内房から大貫沖のポイントに着くと、二十隻ちかくの釣り船が集まり、舳先をぶつけるほどだ。水深二十メートル、エサはサバの切り身である。うまく釣れるときは、竿をひったくるようにザックザックとあがるのだが、ひさしぶりで釣りの勘が戻らず、ヒクヒクとくるだけで、あわせて巻きあげてもエサを食われた。

じりじりと夏の日差しが強い。んーなろー、負けてたまるか、と熱中症時代のジジイとなって、エイヤッ、ジャポーン。十メートルほど沈めて少しずつリールを巻く。ツートントントン、と海底からモールス信号みたいなあたりがくると、エサをとられている。魚がいるのに食わない。水を飲むと小便をしたくなる。船上のトイレはなれてきたが、揺れるのでチンボコをつかみにくい。ぐいと腹を出して、小便をしたとき、ふとメキシコのグアナファト・ミイラ博物館を思い出した。メキシコには遺体を崖沿いの穴に入れて埋葬する墓場があり、全身がからからに乾いてミイラとなる。墓地横のミイラ博物館には百年ものから五百年ものの全裸ミイラが展示してあるのだが、ひからびたペニスがついている。目刺しいわしみたいに細いのからサラミソーセージぐらい大きいのまでさまざまである。生前は、さぞかし使いこんだ名品だろうが、枯れてしまえばそれっきり。死んでからも、ペニスが展示されるのはいやだなあと自分のチンボコを見た。

太刀のように光る魚体のタチウオは、海中で水面方向にむかって立って泳ぐ。鋭い歯を持つ獰猛な魚なのに、繊細で用心深い。エサに猛然とアタックしてくるのにかからない。同行したタコの介がパタパタと三本釣りあげた。銀の延べ棒が竿さきで身をひるがえしている。釣りたてのタチウオは銀色の肌につやがある。これを船上につるして沖あがりするころは、上等の干物になる。釣り宿にもう一泊すると、夕食のおかずに椎茸と昆布の煮物が出た。ふと自分の耳をさわると、干し椎茸のようにざらざらに乾いている。乾物というのは、枯らしきることによって別の味が出る次第で、昆布もするめも同様である。

一日中船上にいたので、全身が乾いたことに気がつき、風呂につかって手を洗うと、水を吸って生椎茸のようにふくよかになった。で、うるめいわしのようにひからびたチンボコを見ると、湯の成分が染みこんでつやが出てきた。おお、よしよし、おまえにもなにかと苦労をかけたなあ、ソチンとはいえ、おまえと私は、一心同体の戦友である。

湯上がりにビールを飲んで、塩焼きにしたタチウオを食べた。脂がジュージューと滴り落ちて、こんがりときつね色になったタチウオにかぶりつくと脂の甘みが広がり、チンボコもみしみしとたってきた。やっぱり、水分がなければね。

年をとっても色情を手離すなかれ。「粋」は「意気」に通じ、「生きる」証しであります。人情の表裏に通じ、生きている限り、あたしゃ枯れないよ。欲が深いんだね。身を持ち崩すほどの道楽をしてきたわけではないが、六十歳で還暦スイッチを押して、カチリと切りかえた。

年をとると、血縁より友人が頼りになる。私はここ二十年は下り坂で繁盛し、どれほど貧相な肴でもよしとする度量がついた。年をとって、あれこれ悩むのがよろしくない。それでなくても年寄りはうつになりやすく、物理的精力の減退は自然の理だが、仲のよい友だちが一番の宝である。男だけでは花がなく、女がふえると酒場がうるさくなるものの、「今年の秋は紅葉がきれいな山の湯へ行こうね」なんて誘いあう仲が一番よろしい。

山の湯へ男女合同合宿して、宿泊料金より値の高いワイン（貰い物）を持ちこんで湯あがりに飲む。天井から裸電球がぶらさがる安宿の畳に坐り、やぶれ障子の外一面にひろがる紅葉の森を見物する。

という次第で、枯れてたまるか！

第一章　老いてますますわがまま

銭湯へ行け

昭和時代の銭湯の脱衣室にはすみっこに小さな坪庭があり、春蘭やエビ根なんぞが植えてあった。湯上がりは坪庭沿いの床に出て、外から吹いてくる風を浴びてタオルで躯をぬぐった。外の風ったってわずかなもので、吹くか吹かぬか微妙な涼しさだった。

銭湯の客は、仇討ちのように躯を洗う。湯につかってからケロリン印の桶をかかえて鏡の前に座り、頭をシャンプーし、足の小指から背中のイボに至るまでガシガシ洗う。浅草の銭湯では、坊主頭にいれた龍の刺青に安物の剃刀の刃をシャラシャラとあてているこわもて極道の兄ちゃんが、念をいれて頭の刺青を手入れしておられます。入浴料として支払う代金ぶんをしっかりと使う。

躯を洗ってからもう一度湯槽につかる。銭湯滞在時間はおおむね四十分ぐらい。客の回転率をよくするため湯は熱い。う、う、う、うーと唸りながらつかる。外へ出たときの湯上がりの風がよろしい。

これが山の湯となるといささか違ってくる。若いころから温泉狂いで、二十歳の秋に伊豆湯ヶ島の寺に泊って小説を書いたことがある。「柿盗りジョオ」という短編だった。そのときは二週間ほど泊って朝晩酒を飲み、酔って近くの川に落ちて死にそうになった。寺に湯はないので村の共同浴場につかる日々であった。心配した友人がやってきて学校へ連れ戻してくれた。

全国一二〇〇湯ほど廻った。よしとする要点は①とろりとしたぬるめの露天風呂、②二十四時間入浴可能、③自然の景観をとり入れる、という三点につきる。

疲れきってよれよれになったとき、温泉に助けられた。山の湯が持つ太古のエネルギーが、見えざる力によって生き返らせてくれた。温泉の不思議な治癒力によって私は再生されたのだった。

連泊した山の湯で、深夜の露天風呂に入り、月光のもとで森の香りを嗅ぐ。ぬるい湯にだらーりと一時間つかると、汗がすっかり抜けきって軀がリニューアルされる。これを湯体一致入浴術といい、皮膚一枚を境にして湯と肉体が一体化するのである。満天の星は肌を照らし、湯客を黄金にそめあげていく。

銭湯と違うところはセッケンを使って軀を洗わないことである。連泊して一日五回つかることもあり、軀を洗うという必然性がなくなる。

温泉浪人を三〇年ぐらいつづけると温泉依存症になった。人間やめますか、温泉やめますか、と叱られ、かくなるうえは湯守りになるしかない。私と同年代の湯守りに会うと「あ、この人は私だ」と思った。

そのころ自宅の風呂場を改造して大型の浴槽にした。浴槽から気泡が出るジャグジー風呂。両足をのばしていると頭までズブズブと沈んでしまう。近ごろ浴槽につかっているうちに心筋梗塞をおこして溺死する事件が続出しており、それなりに危険である。私が湯につかるのは深夜二時ごろで、風呂場の窓ごしに月が出る。月に朧雲がかかり、うつらうつらとして眠くなると、ジャグジーを強めにして四方八方から気泡の刺激を与える。

最近はようやく軀を洗うようになった。七十歳をすぎると加齢臭が出る。そのため歌舞伎の老優は一日三回入浴するという話をきいたので、やってみるとぐったりして、疲れきった。

ボディソープに加齢臭防止というのが五種類あったので、全部買ってきて試してみたが、どれがいいのかわからない。炭のエキスが入った黒いボディソープをためしてみて、会う人ごとに「私、においますか」と訊いてみたが、正直に答えてくれる人がいない。

ジャグジーはスイッチを入れてから十五分後に切れる。浴槽から出て、ボディソープをつけた合成繊維のタオルで洗いまくった。合成繊維は軽くてふんわりとした手ざわりなので、垢がよく落ちる。とくに、手が届かない背中を洗って、痒いところを掻く。これを一週間つづけると背中や腕が痣（あざ）だらけになった。腹も腕も首すじも、まるでリンチを受けたように痣だらけで、湯につかるとしみる。手かげんというものがわからない。

ここで森鷗外の入浴作法を思い出した。鷗外はぬらした手ぬぐい一本で軀を拭くだけだった。桶の湯も床をさほど濡らさなかった。さすが鷗外、と感じ入り、私も手ぬぐい一本にしてみたが、痣がチクチクと痛くて洗うことができない。深夜放送のラジオを聴きながらぬるめの湯につかるだけにした。

国立（くにたち）床屋（くにとこ）へ行って飯田オヤジに相談した。髪を刈りながら、ボディソープはなにがよいかね、と訊くと、間髪を入れずに「牛乳セッケン」と答えて、店の奥より取り出して、「これが一番いいんですよ」と一つくれた。

牛乳セッケンなら、わが家にもあり、お中元でどなたかにいただいたものだが、箱ごと残っている。洗面所や風呂場に置いてあるのは、シャンプーやボディソープやコンディショナーなど、すべて液状のものばかり。高級そうな透明の石鹸は、使っちゃいけない威光を放ち、片すみに鎮座している。床屋に貰った牛乳セッケンを濡れタオルに包んで、ふんわりと軀を洗うと、かぐわしい香りに包まれ、全身が泡だらけになった。泡のすきまから右目をあけて窓の外を見た。

すると、桜の花びらが舞い落ちてくるじゃありませんか。玄関に桜の老木があり、屋根に食いこんでいる。枝が電線にあたるため、いびつに切れた幹から花びらが散ってきた。桶で湯をすくって頭からザップーンとかぶった。

肌の痣がまだ痛むので、やわらかく洗ってから、用心ぶかく湯に入った。歳をとると想定外のことがおこる。耳は遠くなるし、目はかすみ、なにかと眠くなり、ちょっとしたことに怒りっぽくなる。

風呂から出て、タオルをめいっぱいしぼり、軀を拭いた。風が吹いてきて、そのぶん乾くのが早くなった。もう一度タオルをしぼって背中を外にむけて拭くと、梅の木に登っていたノラ猫がニャーと鳴き、飛んできた桜の花びらが尻にくっついた。タオルを鉢巻き状にして水分をしぼりきり、パンパーンと音をたてて振りおろして、浴室の取っ手にぶらさげた。

目玉の真相

七十歳をすぎたころから目が曇るようになった。視界がぼやけて、適切な判断ができない。目が眩んで、ブンブンブン、目玉の中を蚊が飛んでいく。

近所の眼科へ行って検査をすると白内障と診断されて、二週間後に手術ということになった。白内障の発症率は五十代で六〇パーセント、六十代で八〇パーセント、七十代で九〇パーセントという。そういえば友人のほとんどが白内障の手術をすませている。

白内障は目玉の水晶体が濁る病気で、老化現象のひとつだ。おはじきのような水晶体のレンズをとりかえる。手術をすませた友人は、「大丈夫。濁った水晶体のレンズが新品になる」と激励してくれて、軽く考えていたのだが、手術後一週間はアルコール類禁止（当然だよな）がこたえた。

ひと昔前はレーシックという目の手術がブームになった。角膜を削って近視を矯正して、裸眼でも物が見られるようになるが、角膜が薄くなるため、白内障手術が難しくなるという。レーシックがすたれて、水晶体レンズ交換となったが、これもいつかはすたれるだろう。

右目の手術は十五分ほどであっけなく終わった。点眼薬による部分麻酔で、痛くも痒くもない。それでも、目玉のレンズを交換するのははじめての経験だから、目を皿のように見開いて、記憶にとどめた。宇宙のなかにじんわりと光が浮かび、薄黒色の円が、皆既日食のようで、円の縁からダイヤモンドリングが輝いているのだった。

レンズを交換するときは医師が語りかけてくれた。手術でありつつ皆既日食ショーのようでもあり、金環食が朝焼けの光芒となって滲んだ。赤ん坊のときに、はじめて見るこの世の輝きはこんな感じだったのではなかろうか。と思案するうち手術は終わり、右目の上にシュークリームみたいなタンコブの眼帯がつけられた。

プラスチック製の透明ゴーグルをかけて家へ帰って鏡を見ると幽霊の「お岩」みたいで、オデコにもうひとつ目玉をつければ、三つ目小僧になるな、と思った。その日は安静にして、痛みどめの抗生物質を飲んで、どろーんと眠りました。

「週刊現代」の記事に「白内障の手術は避けるべき」とある。人工レンズを支える水晶体の後ろの膜が破れ、眼球の中の硝子体が流れ出すことがあるらしい。

いささか不安になったが、新技術ができるまで待ってはいられない。

翌朝、病院で眼帯をはずして目の検査をして、三種の点眼薬を処方された。一日四回三種の目薬を点眼する。細菌感染による眼内炎を防ぐためだ。一週間は本やテレビはあまり見ず、うつらうつらと過ごして、目玉とは何かと考えた。

見ることを「目にする」というが、「する」という言い方に猥褻感がある。「目に触れる」や「目につく」のは砂が入った痛い感じで「目に余る」のはなにが余るのかわからない。「目が届く」のは目玉からするりするりと触手がのびるのだろうか。相手を無視して見下すことを「目じゃない」というが「じゃ、なんなのさ」と訊きたくなる。

「目を落とす」ったって、あなた、目玉が地面に落ちたらどうすんの。水道水でざぶざぶと洗ってハンカチで拭く。プールや川で泳いだあとは、水道の水で目を洗ったもんなあ。「目を注ぐ」のは水分が出るが、涙みたいな滴ではなく、虹のようにゆるやかなカーブがある。「目を配る」のは熟練の公平さが求められます。目を配給するわけだ。「目くじら」とはいかなる鯨なのでありましょうか。目尻の鼻に近いところが目くじらで、鯨がおし寄せて皺が波立っている。鯨が立ち泳ぎをして、怒ってるわけですよ。

人間は「目の色を変える」術を心得ていて、「目が廻る」のも、やってみると、けっこう難しい。「目星」の光り方も、北斗七星の輝きに似て、「目星をつける」シャーロック・ホームズの眼力。

心を奪われて分別がつかないのは「目がない」状態で、缶ビールに目がない私は、一週間でノンアルコールビールを三ダース飲んだ。八日目からは、ノンアルコールと通常の缶ビールをハーフアンドハーフにして飲むと、これがいける。「目の敵にされる」のは怖く、酔漢の「目が据わる」のは物騒だし、「目は口ほどに物を言う」。かわいい娘は「目の中に入れても痛くない」というが、そんなはずはなく、だいいち目の中に入れられる娘も気の毒だ。

「長い目で見る」のは目の長さではなく、見える距離三百メートルまで、「大目に見る」広さは、河口湖あたりかな、と推察した。

煮魚の目玉が好きで、鯛やメバルの目玉の白い部分を食べると、芯の固いところは噛めない。いままで魚の目玉をやたらと食べてきたことを思うと、魚に申し訳ないと思うが、目玉以外も食べちゃうんだから、そんなこともないか。

術後三日、視界が洗われたように新鮮になった。十日後に検査すると、〇・二の視力が〇・七にあがっていた。ただし、右目のレンズがよくなって、左目で見る図形の一・二倍ぐらい大きい。右目をつぶり、左目をつぶって順番に比べると、大きさが違うのである。両目で見ると、3D映画の画面みたいに立体的になる。通常の景色も立体だから、部品とりかえ直後は、違和感があった。

まあ、馴れてくれれば、ほどよく調和するという。いずれ左目のレンズもとりかえることになる。「目には目を、歯には歯を」は『旧約聖書』出エジプト記の言葉だが、「目には眼鏡を、歯には入れ歯を」というのが私の実状で、はなはだ面目ない。二十日後に検査にいき、眼鏡を新調することにした。目上の人に認められることを「眼鏡に適う」という。目ではなく、眼鏡でじっくり観察されるほうが精密な評価になるわけだ。会社の上司は上等の眼鏡をかけていただきたい。

と、ひまをもて余して目玉のあれこれを考察し、「目から鱗が落ちた」。目玉に鱗があるとは知らなかったが、目玉の真相がぼんやりとわかってきた。一カ月は旅をするのは禁止だが、修善寺温泉へ行って、ぬる湯につかった。露天風呂から山を見上げると、八月の光が降りそそぎ、空の青さが目にしみた。

ぶんぶん散歩

大学通りの歩道を散歩していると、高校生に追いこされる。こちらもけっこう足早に進んでいるのだが、高校生にはかなわない。ところが五十歳ぐらいのおばちゃまに追いこされるとやたら腹がたつ。おばちゃまは濃紺のスラックスに運動靴姿で、たったたっと私を追いこしていく。なにくそと思って、わがほうもギアをあげる。

しばらくつばぜりあいがつづくが、五十代というのはやたらと若いのである。以前、五十歳になった某人気作家（じつは瀬戸内寂聴先生）に「五十歳になったら女も一丁上がりですね」と申し上げたら、「なにいってんのよ、五十歳がどれほど若いか、あなたもなってみればわかるわよ」と叱られた。五十歳になったとき、なるほどそうだと気がついた。思いおこせば五十代は気力体力が充実して、金廻りも少々よくなって、やりたい放題であった。

で、六十代のおばさんが、これまた早いのである。ジョギングだの太極拳だのトレッキングだので鍛えているらしく、①甲賀流忍者のごとき足さばきで、ミズスマシみたいにすーいすいと進んでいく。老いたりとはいえ、枯れてたまるか。甲賀流ミズスマシもどきには負けまいとして②伊賀流がにまたでどすどすと追いかけると、敵もさるもの、いっそうテンポをあげてきた。五〇メートルほど番手（ばんて）につく（競輪用語で二番手のこと）と、敵が怪しんで、こちらの下心をさぐった。ストーカーと勘違いしているのではなく、散歩を競技の一種にみたてているのである。

と、ここでわが後方に白い口髭の爺さんがぴたりとついていることに気がついた。この爺さんこそミズスマシに恋心を抱いているドラッグストアの主人で、伊賀流がにまたからミズスマシを守ろうという心意気である。③通称リポビタンHという。これは番手の番手といい、ゴール寸前で一気に差す（追いぬく）気迫にみちている。

とみるま、四つ角の左側から歩いてきた初老の眼鏡男、じつは④もとIT企業社員だった知的焼き鳥屋で俳句同人誌を編集している俳人が四番手に加わり、さらにまた、一〇メートル後方から小走りに近づいてきた⑤くにとこ（国立床屋）が様子をうかがっている。くにとこは、⑥花屋のみよちゃんと⑦八百屋のゆずちゃんを連れている。くにとこ組といって、町の自然を守る会で多摩川沿いの散策を楽しむ一味である。

先頭の①甲賀流ミズスマシは一橋大学正門から、時計台のある大学構内に入りました。おりしも一橋祭（いっきょうさい）が始まり、校内には世界各国名物料理の屋台が並んでおります。②伊賀流がにまた、③リポビタンH、④知的焼き鳥屋俳人、⑤くにとこ、⑥花屋のみよちゃん、⑦八百屋のゆずちゃんがラインになって時計台下の池のふちにある日時計の横を廻っていきます。

ややや、正門をくぐって大股に歩いてくる人物がおります。ジーパンをはいて髪の毛モジャモジャ、どこかで見たことがあるな。あ、シーナ誠だ。シーナがなんで、十一月四日にこんなところにいるのだ。シーナもレースに参加するのでしょうか。いや、そうではありません。十五時より一橋大学兼松講堂で「辺境の食卓」と題して講演があります。

大学通りのいちょう並木が黄葉し、兼松講堂の横にはステージが設営され、ロックが演奏されております。奥の教室では「就職内定者パネルディスカッション」。経済産業省、ゴールドマン・サックス、三菱商事、パナソニック、富士フイルムが協賛。かと思うと、「就活終わったんでバンドやります」という看板。

さて、競歩めいた一行に変な外国人が参加しました。社会学部客員教授の⑧堀ディラン先生ですか。ボブ・ディランではありませんか。いや、ボブに似てますね。「風に吹かれて」やってきたわけですね。ノーベル文学賞を「貰ってやった」んですねえ、余裕たっぷりです。堀ディラン先生と並んで歩くのは⑨ミセスＩＢＭ。金髪の女性です。ディランはＩＢＭのテレビＣＭに出ているから、ノーベル文学賞の賞金なんて目じゃないんでしょうか。おっと、一行が時計台の下を廻って、ジャン（競輪の鐘）が鳴りました。

あと一周半でゴールです。ちょっと待って、時計台の横で南仲坊画伯が子どもたちと俳句を詠んでますよ。本日はいろんな人がおりますね。あ、明窓浄机館で、小学生たちと俳句会ですか。

かまきりはねこにくわれてくさのうえ
とんぼうはじぶんのかげをおいかける
だいがくのばいてんでかうさつまいも

うまいもんですな。子どもの俳句はいいですな。

さあ、レースの予想を南画伯にうかがいましょうか。

南「本命は⑦八百屋のゆずちゃんで、対抗は①ミズスマシと⑧堀ディランですな。⑦＝①、⑦＝⑧。三連単では①―⑦―⑧。穴ねらいは④知的焼き鳥屋といったところでしょうか」

町内会のシューちゃんの予想は「⑤くにとこと③リポビタンＨと仲がいいですから

ね。③リポビタンHが飛び出して、⑤の番手（あと）につき、差しきる。③―⑤、③―⑦、③―⑧の三点買い。三連単は③―⑤―⑦でしょう。②伊賀流がにまたは今シーズンはだめ」

1コーナー兼松講堂の横を通りすぎてヤシの樹の下を③リポビタンHと④知的焼き鳥屋が競っております。おっとぶつかった。落車であります。散歩だから単なる転倒ですか。一橋祭の名物といえばプロレスですが、こちらのほうが一足さきに転んでしまった。

⑤くにとこ、⑥花屋のみよちゃんが大きくまくりました。⑦八百屋のゆずちゃんと並んだ。⑤⑥⑦は固い団結であります。一線に並んで①ミズスマシに並びかけました。⑧堀ディランは最後尾にゆっくりとつけています。勝負する気があるのか、どうか。2コーナーに水たまりがあります。ここで②がにまた、⑨IBMが転倒して、⑧堀ディランは⑨IBMを介抱しております。一着①ミズスマシ、二着⑥みよちゃん、三着⑦ゆずちゃんでした。三連単①―⑥―⑦で配当は一六七〇円。以上、競輪的散歩中継でした。

池内少年の『好奇心散歩』

池内紀（おさむ）著『きょうもまた好奇心散歩』を読んで、わが競輪的散歩を反省した。池内少年は「足の名人」を任じており、歩く速度を三分の一に落とす。私のように前のめりでせわしく歩かず、うしろから追いぬいたりしない。歩調を連動させると脳につたわり、記憶が甦って初恋の人があらわれる。あ、やっぱりここにくるんですね。少女は丸顔で目が大きくて、髪はポニーテイル（ポニーの尾のように髪を束ねて長くのばす）、笑うと右頬にエクボができる。

そうかそうか、池内少年の好みはこういう女学生だったのだ。長く生きてきたので、記憶のストックがどっさりあるという。で、せんべい三角行脚に出かける。堅焼きの醤油せんべいが好物で、買い置きをブリキ缶に入れている。家人といえども許可がなければさわらせず、ときおり蓋をあけてストックの点検をする。三代目桂三木助師匠は、せんべいの丸缶を金庫に入れてしまっていたというが、それに近い。お気に入りは浅草の「入山せんべい」、深川の「あさりみそ煎餅」、銀座の「松﨑煎餅」。七十六歳のドイツ文学者は、歯が強靭で、初恋の人の面影をかじりながら「せんべい行脚」をする。

東急線の戸越銀座、旗の台（駅前に踏切があって、警報がカンカン鳴って、棒が下りてくる風情）、京成立石（昼間から人妻と酒を飲む町）。もうひとつの羽田（海老取川の河口）では、夕日が大師橋の下に落ちて、水面が火のように赤くなる。茜色に変わっていく空を見つめて「わが身がこの世のおぼつかない漂流物」のような気になる。「大切なのは、どこかを指して行くことで、到着することではないのだ」という、サン＝テグジュペリの言葉を反芻する。

『星の王子さま』ならぬ「星のおじいさま」ですね。サン＝テグジュペリは一九三五年の暮れにリビア砂漠に不時着して、生還の望みを断たれて、さまよい歩いていた。マニアックな散歩で、かつ女性への恋情を抱いているところが、いささかも枯れていません。羽田国際空港のかたわらに、ものさびしい駅の昼下がりのような静まりを見つけて「人生の暮れどきの散歩者にとって、この上ない贈り物」と述懐する。

たしかに、東京を散歩していると、そのまま蒸発してしまいたくなるときがある。路地へ入って、色っぽい御婦人が植木鉢に水をさしているのを見て「もしかしたらこの女と一緒になっていたかもしれない」と妄想し、とすると、自分は縁台に座って将棋を指しているその亭主かもしれず、時間の迷路に入りこむ。

　蒸発者は、妄想の迷路に足をふみこんだ人たちである。未知へ向かう彷徨(ほうこう)、身をひそめる場所はすぐそこにある。散歩は「失業者の職さがし」といった気配さえあり、昼間から公園や神社を歩いているのは時間の迷子なのである。

　東京は、江戸の風物はほぼなくなってしまったが、ひまな年寄りが多いのは江戸時代からの伝統じゃあるまいか。放蕩しつくした旦那、律儀で通した人、退職した与力、俳諧の先生、老盗、落ちぶれた歌舞伎役者、引退して用心棒をしている力士、女房に逃げられた吝嗇(けち)な亭主、と、その風体はさまざまだが、しぶとく生きている。出会う風景は記憶のなかのムカシである。出来たての近代ビルも、完成したときからムカシになる。出来たとたんにムカシへ向けて朽ちていく。日々過ぎていく軀を流して歩く。

　散歩をして、葉が散ったけやきの大木の枝ごしに夕焼けを見ると、妙にしみじみして、いまは「あの世」を生きているのではないか、と思うときがある。

　老後を生きているのではなくて、すでに「死後」の世界にいて、現世と思っているだけかもしれない。透明な回転ドアがぐるりと廻ると、超現実の世界が現れ、それが「あの世」だ。六十五歳ぐらいで死んだのに、それに気づいていない。なぜなら人間は自分の死を体験できないからだ。死とは「自分が死んだということを自覚できない」状態である。自分が死んだことに気がつかず、「あの世」を徘徊している。

池内さんの本も冥界編集部が運営し、日々のありとあらゆる事件は、すべて冥界にある。涅槃（ねはん）の世界（彼岸（ひがん））にいながら此岸（しがん）（現世）と薄皮一枚のところを漂流し、つまり、俺はおばけだぞ、読んでるあなたもおばけだぞ。

死後の世界だけでなく、前世の真相もわからない。

隅田川にかかる橋を渡るときは、川風がびゅうびゅう吹いて帽子が飛ばされそうになる。橋を渡りながら、橋の向こうは別の世界がある、と感じる。橋の向こうが彼岸かもしれない。私の父と祖父は本所（両国）の生まれだから、旧国技館があった回向（えこう）院（いん）前を歩くと、父と祖父がこのあたりで冥土の宴会をしているはずで「や、ごぶさたしています」と裏通りの暗がりに声をかけた。

池内少年の散歩も、神社や寺に立ち寄り、中野区立哲学堂公園で「天狗松」や「幽霊梅」を見て、妖怪や幽霊に思いをはせる。大田区に六郷水門なる地があり、池内少年は中学生時代のペンフレンドを思い出した。いまとなってはお伽噺（とぎばなし）みたいだが、かつて十代前半の少年少女のあいだで文通というものがはやった。雑誌の「ペンフレンド欄」で相手を見つけ、手紙のやりとりをする。自己紹介には写真を同封した。

兵庫県姫路で育った池内少年のペンフレンドは、東京都大田区六郷の女学生だった。名前も顔も思い出せないが、セーラー服にブドウのマークがついていた。

「東京なのに、どうしてブドウのマークなのですか」

とたずねたが、よくわからなかった。六郷とブドウの秘密を知るために、七十六歳の少年探偵団は、調査にいく。そして「六郷ブドウ」の秘密がわかるのだが、そのせつなくてすっぱい顚末は、『好奇心散歩』を御一読いただきたい。

人生の小春日和が、あとどれだけつづくものか。それは神サマにまかせて、池内少年は突撃する。エデンの園の恍惚をさぐりたい好奇心にそそのかされて。いまいるところを終の栖として、貸金庫に証券をしまったり、「肩を組んで昔の校歌を歌ってはならない」とする。行きずりの人が知己であり、もらった名刺はすぐ捨てる（これは私も同じです）。

人と会うのは別れるためで、「口の中にはいつもすっぱい野ぶどうを含んでいる」のです。すっぱいブドウが、池内少年の恋情に語りかける。

薬缶の風格、蒸気の力

「くにとこ」こと国立床屋ができて五十年になり、主人の飯田稔オヤジと奥さんのふたりで仲良く営業している。国立床屋という名は私がつけたことになっているが、飯田オヤジが「理髪店より床屋のほうがいいよな」と聞いてきて私が「床屋がいい」とうなずいた、というのが真相だ。

飯田オヤジが「せんだってカメルーン人の客が、スケートボードに乗ってやってきて坊主頭に刈ってくれと頼まれたよ」という。

バリカンで五厘(りん)に刈る。一厘はお金でいうと一銭の十分の一だが、二ミリの長さである。カメルーン人の頭髪は剛毛で根もとから縮れているため、刈るのに苦労したそうだ。

「山口瞳先生も五厘刈りだったな」

と飯田オヤジがいう。私も三十代のころは五厘の坊主頭だったが、いまは残り少ない毛が目立たないように鋏で刈っている。

「瞳先生が亡くなられてだいぶたちますね」

山口さんは銀座の理容米倉で刈っていたが、晩年は国立床屋だった。

「六十八歳だったから、若くして逝かれたんだねえ」

山口さんは、晩年週刊新潮の「男性自身」に国立のことばかり書いていた。長老関栄一さん、画廊エソラの関マスヲさん、漫画家の滝田ゆうさん、ロージナ茶房の伊藤接さん、みんな故人となった。

『居酒屋兆治』のモデルとなった焼き鳥屋「文蔵」はすでに店を閉めた。

国立は出版社や新聞社勤務の人が多く、私が住んでいる一角はいまなおプレスタウンの名で通っている。新聞協会が建てたおんぼろ住宅四十軒ほどを新聞社勤めで罹災した人に分売した。私の家は朝日のブロックで、抽選であたった。小学生のころは、近所は朝毎の新聞社社員ばかりだった。

町内には小説家、画家、彫刻家もいて、中央線国立駅から南武線谷保駅にかけての広い大学通りが見どころである。

山口さんを中心として集まる人を「国立(くにたち)やまぐち組」といった。彫刻家のドスト氏こと関頑亭さんも奥さまのフーセン女史（山口さん命名）が亡くなられてから、町を飲み歩かなくなった。

山口治子夫人が健在であったころは、十二月になると画廊エソラでハガキ絵展がひらかれ、展覧会の最後の夜は酒や肴を持ち寄って宴会となった。もう、みんな終わってしまったことだ。

飯田オヤジが、髪を刈る手をやすめて、

「かどやが店じまいですよ。いま閉店セールをしている」

という。

かどやは、国立床屋の斜め前にある金物屋である。

父が国立に越してきたころからある老舗で、多摩蘭坂下商店街のランドマークであった。六階建ての賃貸マンションの一階に、かどやとスリーエフがあった。ビルが老朽化したので建てかえるという。シャベル、箒、簾、植木鉢といった園芸道具から、トンカチ、釘、針金、ペンキ、鍋、釜、コップまで生活用品が並んでいる。小学生のころは、雨が降ると売り物の傘を借りて帰った。ぶらりと店に入り、雑然と並べられているネジや工具を見るのが楽しみだった。

国立床屋は一橋大学学生寮の近くにあり、一橋大学のOBがなつかしがってやってくる。プロ野球ロッテの伊東勤監督は、西武ライオンズ監督のとき国立へ越してきて、国立床屋の常連になった。

飯田オヤジの職人肌のきっぷのよさが客を呼ぶのだが、いまの客は大型理髪店へ行ってしまうらしい。

かどやへ行くと、カウンターの横の長椅子に、主人の宇佐美翁（78）が座っていた。

宇佐美少年は坂下一帯のベーゴマチャンピオンとしてならした。

「きのうまでは五割引き、きょうからは八割引き」

という。

「かどやさんがなくなると困っちゃいますよ。重い道具をなんだかんだと配達して貰ってきたんだから」

と頭を下げると、

「お母さん、お元気」

と訊かれた。

百歳になった母は、フラーリヒラーリとよろけながらも人の使い方がうまい。

一年前にすぐ近くの米屋が閉店してその跡地にマンションを建てる工事がはじまった。お米はお米やさんに配達して貰うものだと思っていた。スーパーで買ってきた米を母にわけているが、母が食べるのは「弁当」の飯かパックの「サトウのごはん」である。

かどやで、鍋とガラスコップとバケツを買って家に帰ると、賢弟マコチンが遊びにきていた。かどやが閉店セールで八割引きだ、と教えたら「俺も買う」といって、キャンピングカーに乗ってもう一度行った。

マコチンはキャンピングカーのプロで、その世界では少々名を知られて雑誌にもよく登場する。水入れ容器、野外調理器、チェア、簡易雨具、長靴、ホウロウびきの鍋、などを買いこんでいる。

店内は近所のおばさんたちがかけつけて混んできた。私は衝動的にホウロウびきの薬缶を買った。わが家で使っている薬缶は、外側がこげて黒ずんでいる。

かどやの主人に別れを告げながら、八割引きの誘惑に負けて、あれもこれもと欲しくなった。最後にクレンザーを買った。

家へピカピカの薬缶を持ちこんで、古い薬缶を捨てようとしたとき、黒ずんで錆びついた薬缶がいとおしくなった。薬缶に穴があいて使えなくなったわけではない。買いたてのクレンザーをかけてブラシでこすると少しずつ銀色の艶が出てきた。こげついていた部分はタワシで念入りに磨きをかけた。こうなると止まりませんね。

薬缶の中も念入りに磨いた。蓋はこねるように垢をとった。一時間かけて洗うと、古びた薬缶は新品と見間違うばかりになった。のみならず、使いこんだ骨董の燻し銀の輝きを放った。

薬缶の形が、山口瞳さんの薬缶頭を思わせた。湯をわかすと、ちんちんプカプカと反骨の湯気が出てきて、ますます山口瞳さんの気配だ。有り難くて、蒸気に手をあわせて拝んだ。

八月三十日は山口瞳先生の命日です。

Y先生と競馬

せんだって、山口正介さんに会うと、「おやじが没して二十一年たちました」という。おやじとは山口瞳さんのことで、国立（くにたち）やまぐち組という会があった。山口瞳さん担当の編集者や画家、プロ棋士、作家などが集まり、花見会、月見会、はがき絵展、競馬などでしょっちゅう遊んでいた。

私が国立の実家へ戻ったのは一九八三年（四十一歳）で、家が山口邸の近くだった。国立やまぐち組に入れていただき、山口さんが六十八歳で他界（一九九五年）するまで、なんだかんだと親しくつきあって、夢のように楽しい日々であった。国立やまぐち組には通称「坪やん」こと坪松博之というサントリー広報部の好漢がいて、PR誌「サントリークォータリー」の編集をしていた。

その坪やんが『Y先生と競馬』（本の雑誌社）を刊行した。Y先生とは山口瞳先生のことで、一九九二年日本ダービーから一九九五年オークスに至るまでの競馬同行血涙勝負録である。これが詳細を極め、危機と波乱と度胸と諦観が、無念の渦を巻き、ざっぷーんという大波小波にくだける名調子で語られる。

Y先生は「博奕で儲けるのは三下奴のすることで品が無い。そのため競馬場では上品であろうと心がけ」て第一レースからパドックへ行って馬の調子を見る。これは競馬評論家・赤木駿介（国立の名刹の住職）の教えである。上品をめざしつつも負けることが大嫌いで、競馬予想紙には何色もの線が引かれていた。

一九八三年のサントリーオールドの新聞広告にY先生は「細心かつ大胆」と書いている。——僕は、博奕や勝負事の好きな少年だった。だから、会社員になったとき、博奕で学んだ智慧を仕事に生かせないかと考えたものだ。博奕の要諦は細心かつ大胆ということに尽きるのである。……新入社員諸君！　会社員は小心であり細心でなければならぬ。しかし、ビクビクするなとも言いたい。そうして更に言う。あんまり博奕をやってはいけないよ。

坪やんは、こういった手におえないギャンブラー作家（当時五十七歳）のかばん持ち（五百円玉がじゃらじゃらと入っている）として、秋の天皇賞や山形の上山競馬、目黒記念を廻った。おそるべき記憶力で、Y先生が買った馬券、鼻息の量、食べた弁当、喜怒哀楽、悲憤慷慨、夜の反省会などを書きとめる。国立ならば喫茶店のロージナ茶房、関マスヲさんが経営するＣａｔｆｉｓｈ、書簡集、鰻の押田、『居酒屋兆治』のモデル・八木さん、繁寿司で注文する「イカ、タコ、シロミ」、隣席で飲んでいる文藝春秋のトヨケン（豊田健次）。山口邸から府中競馬場へはタクシーで行き、帰りはバスに乗って帰る。私はジャパンカップのとき、治子夫人と一緒についていき、大勝ちして下品な結果となった。

上山競馬は山形新幹線に乗って講談社の大村彦次郎氏や新潮社の石井スバルさん、棋士の大内延介九段、と多士済済が同行し、目指す温泉宿は葉山館。原口のソバガキと競馬場内売店のタマコンニャク。いずれも申しぶんなく、競馬場を疾走する馬のひづめとＹ先生の鼻息が聞こえてくる。

Ｙ先生は、亡くなる一カ月前、夫婦で上山競馬へ行き、葉山館に泊まっていた。そのころ私は山形県・峠（とうげ）の滑川（なめがわ）温泉に長期滞在して原稿を書いていた。それまでＹ先生は慶応病院に入院して移り変わる容態は毎週、「週刊新潮」の『男性自身』に掲載されていた。わが宿は山の奥なので同じ山形県内であっても上山温泉まではかなり時間がかかった。

『男性自身』七月三日の項に「少し遅れて嵐山光三郎さん。嵐山さんは東北の温泉宿を放浪中で、この日は峠という駅から姥湯（うばゆ）へ行き、そのまた先の滑川温泉からやってきたという」と書かれていた。山形駅のキヨスクで買った競馬新聞「かみのやまKEIBAニュース」を読みながらバスで競馬場まで行った。Y先生が観戦している小部屋へ入ると、治子夫人のほか、関マスヲさんと、矢野誠一夫妻がいた。

空は曇っていた。

競馬場の人が色紙をドーンと持って来た。Y先生は筆ペンでつぎつぎと揮毫をして「嵐山さんも書きなさい」といった。古びた筆ペンで、墨汁の出かたが悪いので、筆さきを青インキ壺につけて何枚も何枚も書いた。レースが始まると、ガラス窓まで走っていって、予想した馬を熱烈応援した。ゴール寸前になると、「ソノママ！　ソノママ！」と手を握りしめて声をあげた。Y先生は熱血腕白一本気の人だった。世間一般の庶民的生活を大切にし、市井の人々の心意気を書く人情作家というイメージが強いが、その実態は勝負師であった。生涯を通じて枯れることがなかった。

Y先生の「公営競馬、馬券戦術」は①「馬を見て買う」ことで、公営競馬は実力が接近しているため、予想紙よりも自分の目を信じる。②先行有利。小廻りの馬場だから逃げ馬ねらい。③穴っぽく買う。実力差はわずかなので配当のいいほうを選ぶ。④必ず単複（単勝と複勝）を買う。Y先生三大ポイントは「先行馬、穴ねらい、単複」となる。

Y先生が亡くなってから上山競馬場で「山口瞳杯」レースが行われ、温泉仲間を連れて出かけた。坪やんもやってきてみんなでY先生をしのんで散財したり儲けたりしたが、石井スバルさんが八十万円の大穴馬券をとったのち、上山競馬は経営難で姿を消した。

『Y先生と競馬』に、葉山館の主人・五十嵐航一郎さんと美人女将の美根子さんの話が出てくる。Y先生は美人好きで、そこのところは、じつにはっきりしていた。美根子さんは水色の着物が似合う、ふっくらとした麗人で、ロビーには滝水が流れている。美根子さんはY先生が描いたアジサイの花の扇子を手にしていた。あでやかな絵であった。Y先生の絵はいろいろ見ているが、この絵はひときわ熱が入っていて、美人相手だと気合が違う。

東日本大震災のあと、葉山館は部屋を被災者に提供して、幾年月かが経った。

山口正介さんは、電子書籍の山口瞳全集（小学館）の編集・解説でいそがしく、Y先生の享年と同じく六十八歳になった。

正介さんの回想記によると、「Y先生の競馬は、実際にはもう少し勝っていた」ようだ。それなのに負け組応援団長のY先生は、負けることを強調して書いた。坪やんの息に山口流直情が乗り移っているのが愉快、愉快。

五回目の成人式

　正月には老母が住む国立の家に集まって新年会をするのが恒例になっていたが、今年は中止になった。昨年の新年会のあと、母が歩けなくなったからである。トイレへ行けず、入浴もできず、寝たきりになった。車椅子、電動ベッド、簡易トイレなど一式が持ちこまれ、ヘルパーさんは週三度きてくれるし、医師は月に二回往診してくれた。風呂セットをベッドの横に運んで入浴させるのにはびっくりした。母はこの入浴が気にいらず、三本足の杖をついて家の廊下を行ったり来たりしてリハビリに専心し、どうにか歩けるようになった。

　戦時中に竹槍を突く軍事訓練をした世代の根性というべきか。よろーりふらふら舞うように歩き出し、奇跡的に回復した。

　さして広くもない家に弟たちの家族や従兄弟一家三十人以上がぎっしりと集まって宴会を開くのは、昭和の名残だった。昨年の新年会後に倒れたことがよほどこたえたらしく、母が弟たちに「もう来なくていい」と宣言した。

小学生のころの正月は、従兄弟たちが遊びにきて、映画「シェーン」の真似をして、拳銃早撃ち合戦で遊んだ。凧あげ、縄跳び、相撲、プロレスごっこ、バドミントン、石けり、さかだち、百人一首、カルタ、花札、福笑い、トランプのばばぬき、双六、家族あわせゲームをひと通りやってから、従兄弟の家へ泊まりに行って、三球スーパーのラジオから流れてくる二代目広沢虎造の浪曲「清水次郎長伝」を聴いた。

中高生になると同級生と一緒に正月映画を見てから天満宮にお参りし、駅前のマルシンでラーメンを食べた。高尾山へ登って初日の出を拝したときは、目玉が虹色ににじんだ。

大学のころは、高校の同級生と盛り場へ行き、チンピラ五人組と乱闘になり、ボコボコに殴られ、顔が痣(あざ)だらけの痛い正月だった。

就職すると、十二月の末から奥志賀のスキー宿に泊まって、スキー場で正月を迎えた。そのころは団地に住んでいたので、実家へ顔を出すのは一月三日であった。子が生まれる前後は、行くところがないので実家へ顔を出して、父のところへお歳暮で届けられた珍味セットを肴にして酒を飲んだ。子が五歳になると「スキー場へ行きたい」とせがまれて、ふたたびスキー場で正月を迎えた。

正月が好きで好きで大好きで、正月がくるのが恐いほどだった。正月が終わるとつぎの正月がくるまで一年間待たなくてはいけないので、がっかりした。
その後の正月は、読みたかった新刊を二十七冊読んで、静かで充実した日々でありました。
元日の朝は東側の山林から、はすかいにさす初日の出を見た。斜めにさしこんでくる初日がまぶしく、老朽の貧家が彼岸(ひがん)の御殿かと思えたほどだ。子規の句集を開くと、
初日さす硯の海に波もなし
という吟があった。墨をすると、そこに海があり、初日がさして、波ひとつない。硯の水に海を幻視する子規の目玉に驚嘆しつつ、ひんやりとした正月を迎えるのもいいね、と老母と話して雑煮を食べた。ヨシ子さんは老いたりといえどいささかも枯れていなかった。
正月気分をぴしりと追い払うのは「成人の日」で、二十歳になる男女が町を闊歩する。新成人は瞳が澄んでいて、爪を研いでいる成人の乙女が野性化する。
かなり昔のことだが、成人式の講演に行ったとき、華やぎの会のなかで、ひとり淋しそうにしていた男子がいた。なにかあったのだろうか、と、いつまでもその青年のことが気になった。成人式会場への道を、風に吹かれた紙コップがからからと飛んで

いく風情も捨てがたい。「成人の日」は、戦後、国民の祝日として指定された。満二十歳になる男女を祝福し、一月十五日と決められていたが、今年は一月九日であった。この日は母の誕生日で、満百歳になる。

二十歳を五回くりかえすと百歳だから、母は成人式を五回経験したことになる。なんとも図々しい、じゃなかった、めでたいことで、わが家の天然記念物、じゃなかった、氏神様として君臨していただきたい。

翌一月十日は私の誕生日。

二十歳の成人式のことは忘れたが、二回目の成人式（四十歳）のころ、新たに出版社（青人社）をたちあげて、再出発をした。木造二階倉庫を改造した社屋で、しんから自立した。

三回目の成人式は六十歳つまり還暦であった。七人でたちあげた出版社は七十人近くの社員数となり、発展的解散となった。友人が私に秘密で還暦祝宴会を開いてくれて、七十人ぐらいが集まった。このときは、いまから思えば、三度目の成人式であった。六十歳は定年ではなく、三度目のお色直しをして、しずしずとお座敷へ出た。このときに集まった友人の記念写真を見ると七人が亡くなった。

歳をとると、親しい友人がつぎつぎと没していく。友人の死は、自分の一部が死ぬことで枯れることなく漂流したいが、これはかりはやってみなけりゃわからない。

母は、九十五歳ぐらいまでは町内に親しい友人がいて、老婆元老院のようにのし歩いていたが、一人死に二人死に、いまはすべて没した。毎年作っている俳画カレンダーは、母の友だちに好評で、十部ほど渡していたのだが、今年のぶんは、「もう私には友だちがいないのでいりませんよ」と断られた。

「成人の日」は紛失物（なくしもの）をしがちだという。ショール、ハンカチ、手袋、なにかしらなくしてしまうが、なにか紛失してしまうのは生きている証拠である。

百歳になった母は、成人六周目に入り、紛失また紛失で、紛失したことも忘却の彼方にあるようだ。

老いてますますわがまま

百歳を迎える人が三万人をこした。百歳以上の高齢者は、女性が八七・六パーセントである。

わが老母ヨシ子さんもその一人で、国と東京都から九月十五日に記念品が送られてきた。

国からは銀杯と内閣総理大臣安倍晋三の祝状で、

「あなたが百歳のご長寿を達成されたことは誠に慶賀にたえません。ご長寿をことほぐこの日に当たりここに記念品を贈り、これを祝します」

と記されている。

銀杯は木箱に収納され、蓋を横にひくと、直径九センチの銀杯がぎんぎんぎんと輝き、「寿」の文字が彫られている。手にとるとずしりと重い。とそのとき、「銀杯のお手入れと保存について」という印刷物が目についた。そこには、

①銀杯に直接手を触れぬよう注意して下さい。もし触れた場合は乾いた軟らかな布で乾拭きして下さい。

と書いてある。

あわわわわ。これは大層立派な杯であるらしい。木箱に添えられていた白布でしずしずと指紋を拭きとって裏を見ると、「洋銀」と刻印されていた。

「お手入れと保存法」に関して五項目にわたって細かく書いてあるが、なんだ、純銀じゃないのか。昨年までは純銀製（七六〇〇円）であったが、財政難のため今年から亜鉛とニッケルの合銀になった。メッキシルバーといったところ。

東京都からは丸花器（鶴蒔絵　夜鶴）。こちらは大きめの木箱の蓋に東京都伝統工芸士の揮毫と落款がいささか仰々しく押してある。江戸漆器は、徳川家康が京都の漆工を招いたのにはじまり、そば道具、重箱などの実用品としてつくられた。江戸の庶民文化を代表する工芸品である。

つがいの鶴の下に雛の鶴を配した図案がめでたい。黒光りする花瓶で、そば屋の棚に置けば似合いそうだが、絵入り漆器だから、はたして、生花を入れるものなのか判然としない。

別紙に、「知事交替に伴い祝状の制作が間に合わず、東京都知事祝状につきましては12月上旬の発送を予定しております」と書いてある。
ヨシ子さんは大正六（一九一七）年一月九日、浜松に生まれ、六歳のとき実母と死別して、叔父の家にひきとられて育った。父とは昭和十五年に結婚し、東京中野区の一軒家を借りて住んでいた。父の実家が中野にあったので近くに住んだ。はじめて東京へ出てきたとき、新宿にある中村屋で、カリーライスを食べた。
平成十三年のヨシ子さん（八十四歳）の句に、
中村屋カレーなつかし夕薄暑
がある。平成十二年に父が他界して、家族五人で暮らした木造二階建ての家にひとり暮らしとなった。
初富士を遙かに望む墓参かな
影のなき夫の書斎に初日影
気まぐれに救心二粒寒の水
朝顔の遊びの蔓と遊びけり
黙禱の一分長し終戦日
わがままを言える友ゐてソーダ水
白菜の即席漬や独り膳

は、そのころの吟である。

父が召集されて、浜松市中ノ町の家へ疎開して私を産んだ。そのため私の経歴は静岡県浜松市生まれとなっている。

六年間戦地にいて、地雷にふっとばされて、九死に一生を得て復員した父は、きわめつきの反戦主義者だった。その気性はヨシ子さんも同じで、東京都から百歳長寿贈答品に関するアンケートがきたとき、「そんなものいらないわよ」といった。

アンケートは、いくつかの贈答品からほしいものを選ぶという内容だった。

それを「まあまあ、せっかくいただけるんだから」と説得した。

ここ数年のヨシ子さんは家のかたづけに励んでいる。家じゅうに不要品がたまっていて、卒寿記念置時計、中国の硯、筆、古墨。名入り万年筆。旧式計算器。ＤＶＤ、外国みやげの人形。ヨシ子さんは人形好きなので息子三人や友人が人形を持ってきて、その数は百以上。旧式カメラ（父の遺品）、帽子、茶道具、唐津焼の壺、花瓶、着物、写真アルバム、小型テレビ、父の古書、眼鏡、賞状、ガラス細工、油絵、食器、書道全集、俳句誌、ステレオ、扇子、望遠鏡、フランスの絵ハガキ、古椅子、オルゴール、ドイツの鋏、手帳、日記、大正時代のカバン、手紙、鈴、加賀象眼の盃、印譜、屏風、万太郎の色紙、小物入れ、文化鍋、赤チン、などなど、捨てても捨ててもどこかからなにかが出てくる。
一見するとガラクタでも思い出がある品物は捨てきれないが、九十歳をすぎてからは、威勢よく捨てるようになった。私への遺言はいま住んでいる築七十年の陋屋をぶちこわすことで「私が死んだらサラ地にしろ」と言っている。無人の家がほったらかしにされることがいやなのだ。
してみると、国からいただいた銀杯や、東京都からの花器は、申し訳ないが、処分されることになるだろう。百歳の高齢者はモノなどほしくはないのだ。
九十九歳のときは市から長寿祝金（一万円）をいただいた。モノよりお金のほうがいい。と考えつつも、内閣総理大臣よりいただいた祝状を額に入れて、父の遺影がある十二畳の広間に飾った。父はなんというだろうか。
ヨシ子さんは九十二歳まで市村究一郎先生が主宰する俳誌「カリヨン」の同人として俳句に親しんだ。平成二十一年（九十二歳）に第二句集『九十二』を刊行した。
空っぽの郵便受や木の葉舞う
缶詰めの味見してみる震災日
焼とりを頬張り歩く文化祭
秋の蚊はわがO型の血を好み

逃げてゆく黒蟻を追ひ水をまき
九十にふたつ増やして年の豆　（句集『九十二』）
百歳を迎えたヨシ子さんは、ますますわがままに生きております。

ノンキナジーサンの幸せ

小学生のころ、紙芝居屋が焼け跡へやってきて「黄金バット」や「蛙少女」を上演した。「蛙少女」は食べるものがないので、池の蛙を捕って食べている少女の顔が緑色に変色していく話だった。紙芝居屋のおやじは、身をよじりながら、「ああ、わたしは蛙になっていくわ。ケロケロ、ケーロケロ、ガーガーガー」と切ない声を出して演じ、見ている少年たちも一緒にからだをS字状にくねらせたのだった。

紙芝居は夕暮れどきのぬるい闇をしょって街かどに出現した移動舞台で、画面の湿り方に官能があり、あれは文学だった。夕焼けのなか、赤トンボをすだれのようにかきわけてやってきた。紙芝居が終わると、焼け跡の町にマンマルの太陽がしずんでいった。

その後、妄想中学生、夢想高校生、野良犬的二十代などをへてノンキナトーサンとなった私は、年がら年じゅう旅する日々となり、旅が実で自宅が虚と化してしまった。

たまに家にいるほうが、なんだか嘘みたいな感じだ。よその町がよく見えて、自分が住む町の欠点ばかりが見えるものなのだ。いまは自宅は国立（くにたち）で隠居場が神楽坂、と落ちついてきたが、なんといっても「友だちがいる町」がいちばんステキなんですね。

戦争で町が焼けて、藤沢のおんぼろ長屋に住んでいたときは「いい家」に住みたい、と思っていたが、あちこちと転居をくりかえすうちに、家なんかどうでもいいから、「いい町に住みたい」と考えるようになった。

町は人が作る。

いきなりいい町を作ろうとしたって、そうそう簡単にできるものではない。町は生き物で、町の感情があり、呼吸があり、たえず流動している。歴史を秘めた古風な町があり、貧しきながらココロザシの高い町があり、昭和の気配があるモダーンな町がある。

タンポがあり菜の花が一面に咲く町、荒野のなかの小さな町、新興の町、といろいろな町があるけれど、要はその町が生きているかどうか。町が生きているバロメーターにはいくつかの条件がある。まず、

①豆腐屋があるか。

町の小さな豆腐製造業は効率のいい仕事ではない。朝は早いし、仕込みは大変だし、

苦労は多いのに儲けが少ない。スーパーやコンビニには大店舗からドーンと工場生産の安価な豆腐が納入される。それで昔ながらの家族経営の店は閉店してしまった。

町に昔ながらの豆腐屋があるのは、町の住人が、その豆腐屋を大切にして、心から感謝しているからである。人情があって、生きている町には、こういう豆腐屋が残っている。町の人がスーパーではなくて、わざわざ豆腐屋へ行く心意気にこたえて商売をつづけている。これが町の共同体を支えている。

②魚屋がある。③八百屋がある。④パン屋がある。⑤自転車屋がある。⑥酒屋がある。⑦集会場がある。⑧書店がある。

書店は町の教養指数の反映で、学生街がすがすがしいのは書店が多いからである。町のココロザシに比例する。書店が一軒もなくなってしまった町はミルミルとすたれていきます。

⑨銭湯があること。

東京の下町では、銭湯は情報収集の拠点で、自宅に風呂があるのに銭湯を好む客が多い。国立には一軒の銭湯があり、浴室にはペンキで富士山の絵が描かれている。神楽坂にも二軒の銭湯がある。鹿児島市の銭湯はほとんどが温泉で、早朝の一番湯につかってから出勤する人もいる。

⑩ラーメン屋があること。

北海道から九州、沖縄までラーメンはありとあらゆる店が覇を競っている。旭川は札幌とともにラーメンの激戦区で、釧路の人情屋台ラーメン、帯広のトリソバもすて難く、九州各地のトンコツラーメンまで、目を閉じれば幾千のラーメンが浮かぶ。そのなかでもとくに忘れ難いのは、東北本線のとある駅の前にあったラーメン屋で、列車乗り継ぎ時間に食べた。お婆さんがひとりで経営している店で、店のウィンドーにカレーライスと親子丼とラーメンの見本（ろう細工）が飾ってあった。あんまりうまそうではないが、ラーメンを注文すると五分で出てきた。醬油味が濃いラーメンは、予想通り、ちょっとまずかったが、その、ちょっとまずいところに時代物の風情があった。うまけりゃいいってもんじゃないのだ。ちょっとまずいのがいいんですよ。

都市に暮らすのがいいか、田舎でゆたかな自然に囲まれて生きるのがいいのか、中学生のころからこの二者択一に悩んできたが、その両方をあわせ持つのが、

⑪港町。そう、港町。

なのである。港町は流れ者を受け入れる装置であって、日活映画で、ギターをかかえた渡り鳥の小林旭が、白服に赤いスカーフをなびかせて登場した。港町の酒場には、湿った瞳の浅丘ルリ子が待っていた。会社に勤めて初めてボーナスを貰ったとき、現

金を白いジャンパーにつっこんで横浜中華街近くのキャバレーへ行ってみたが、力道山みたいなおばさんばかりで、浅丘ルリ子なんかどこにもいなかった。

それでも、船の汽笛が響く港の甘い誘惑に心をときめかした。函館、青森、横浜、神戸、門司、長崎。港町にはブルースが似合う。

⑫川がある町は川風が不良少年を挑発する。⑬城下町。⑭花咲く町。⑮緑したたる町。⑯渋い居酒屋がある町。

すたれた町中にぽつんと赤提灯の焼き鳥屋があると、心がさわぐ。知らない町の酒場で飲むのがノンキナトーサンの幸せである。

⑰富士山が見える町。これが嬉しいもんでね。春一番が吹いた日は、夕焼けごしに富士山がシルエットになって、めでたい気分になった。

胸にジンとしみるのは⑱終着駅のある町。つぎはシューチャクエキというアナウンスだけでドラマがはじまる。そういや、こういうタイトルの映画がありましたね。いまはただシューテンという。

⑲花火があがる町。打ちあげ花火は、われらノンキナトーサンの魂をはげますキバク装置だ。

父の本籍は東京都向島区緑町で私は東京都中野区高根町だったが、生まれたのは疎開さきの浜松市中ノ町だ。日本橋から京都まで行く東海道の真ん中だから、中ノ町という名がついた。

中ノ町は天竜川の打ちあげ花火が有名で、夏休みになると、土手に寝ころんで見ていた。ふりかえればノンキナショーネンの日々であったが、さらにノンキなジーサンをめざして、あちこちの花見をするつもりだ。

第二章

過ぎゆくことはすべて夢の中

天麩羅先生

漱石作『坊っちゃん』を読んだのは高校一年のときだったが、私はそれまで天麩羅蕎麦なるものを食べたことがなかった。食い意地がはっていた私は、坊っちゃんが、赴任した中学校近くを散歩していると、「郵便局の隣に滅法きたない蕎麦屋があり、天麩羅蕎麦を四杯平げた」というシーンを読んで、「いかなる蕎麦だろうか」と考えた。

坊っちゃんが教場へ入ると、黒板一杯ぐらいな大きな字で、天麩羅先生とかいてある。おれの顔を見てみんなわあと笑って「四杯は過ぎるぞな、もし」と云った。四杯食おうが五杯食おうがおれの銭でおれが食うのに文句あるもんかと、さっさと講義を済まして、次の教場へ出ると、一つ天麩羅四杯なり、但し笑うべからず。と黒板にかいてある。あんまり腹が立ったから、そんな生意気な奴は教えないといって、すたすた帰って来てやった。という『坊っちゃん』のよく知られたシーンだが、天麩羅蕎麦の五文字が頭の中をぐるぐるとかけめぐって、「ああ食べてみたい」と思った。

　わが家では、親戚の客がきたときに、母親がはりきって天麩羅を揚げることがあった。海老など手に入らぬ時勢だったから、さつま芋、茄子、ピーマン、しいたけ、蓮根、玉ねぎ、ごぼうとにんじんを細切りしたかき揚げ、イカ、といったあたりで、小麦粉がぼってりとついていた。一度にいっぱい揚げるので、残りは翌日、醤油と味醂で煮つけて食べた。

　乾麺の蕎麦を茹でて、玉ねぎの天麩羅をのせて食べてみると、揚げた小麦粉が汁に溶けてどろんこの味がした。はじめて本格的な天麩羅蕎麦にありついたのはそれより七年後、千代田区四番町の出版社に就職したときで、初任給をポケットにねじこんで近所の蕎麦屋へ行った。

　鰹節のだしがきいて、つーんといい匂いが鼻にぬけるかけ蕎麦の上に、黄金色に揚げた海老天麩羅がのっていて、ああ、これであったのか、と感涙にむせびつつ食べたが、四杯は過ぎるぞな、もし、と生徒たちと同じことを考えた。

　漱石は明治二十八年（二十八歳）、愛媛県の松山中学校に赴任して、一年間教壇に立った。そのときの記憶をもとに、十年後の明治三十九年（三十九歳）、虚子が主宰する俳誌「ホトトギス」に書いた。英語を教えたのに小説『坊っちゃん』では数学となっており、事実とは違う。天麩羅四杯もそのくちだろう。

初任給を持って、天麩羅店へも行ってみた。目の前でカリッと揚げた天麩羅を食べたとき、いままで母親が揚げていた天麩羅とは、まったく別物である、という衝撃を受けた。母親にだまされていた、と思った。

その後、四国へうどんを食べに行った。香川のさぬきうどん店は、どこへ行っても満員で、バスに乗ってうどんツアーに来る団体客もいた。ネギ畑にある一軒屋の宮武うどん店へ行くと玄関を入ったところにある台に、海老天、イカゲソ天、昆布天、蓮根天、ちくわ天が山盛りになって並んでいた。いずれも一個一〇〇円前後の値段で、自分で好きなのを選んで皿にのせる方式だった。うどんは特大、大、小があり、「あつあつ」と「ひやあつ」(冷たい麺にあついだし汁)、「ひやひや」がある。どのうどんを選ぶかは、並んでいるとき、紙に書いて渡しておく。うどんは太めで、カドがきちりと切れ、やわらかい食感があり、噛むとぐーんとはねかえしてくる。うどんにバネがある。いりこだしがきいた薄味の汁は香りがよく、うどんをふんわりと包みこみ、天麩羅のころもがほろっとほどけていく。天麩羅は無骨だが、うどんは貴婦人のごとし。

周りを見渡すとイカゲソ天を食べている客が多い。隣客は高校生の二人づれで、イカゲソ天とひやあつ小をたいらげて「さあ、つぎ食いいくか」と立ちあがった。うどん屋のはしごと察せられる。

　製麺所では立ち食いうどんがあり、生醤油うどん一二〇円、だしうどん一五〇円だった。店の棚には朝採りのネギが丸ごと置かれて客はハサミでジョキジョキ切って、丼に入れる。代金もザルのなかに各自が入れる。こんなに原始的なうどんはめったに味わえるものではなく、せんじつめればゼイタクとはこういう味なのである。

　天麩羅蕎麦四杯というのは、じつは本当かもしれない、という気がした。しかし、坊っちゃんが食べたのは、東京風の蕎麦で、鰹節のだしのきいた醤油味の汁である。夏目家の次男伸六の追想記『父・漱石とその周辺』によると、漱石は、うどん好きの男を見ると「あんなものは馬子が食うもんだ」と馬鹿にしたという。

　明治二十八年の松山にはいまのようなうどん屋はなかったから、はたしていかなる天麩羅蕎麦であったのだろうか。で、NHK松山放送局の俳句番組に出演したとき、道後温泉近くにある大衆食堂に、天麩羅蕎麦と書いてあったから注文すると、もり蕎麦の上に小さな薩摩揚げがのっていた。このあたりでは、薩摩揚げを天麩羅というらしい。してみると坊っちゃんが食べたのはこれかもしれない。

　漱石はロンドンに留学の二年間、英国流の食事になじめず、神経衰弱となり、昼食がわりにビスケットをかじっていた。胃が痛くなりカルルスバードという胃腸薬を飲み、「尤も不愉快の二年なり」と語っている。ロンドンから鏡子夫人へ送った手紙に「日本に帰りて第一の楽しみは、蕎麦を食い日本米を食い日本服を着て、日のあたる縁側に寝ころんで庭でも見る。是が願ひに候」とあるが、これはロンドンで考えることであって、伸六の追想記には、「父が心から蕎麦を食いたいと思ったことは、生涯を通じて、そうあったとは思えない」とある。

いま、神楽坂には、気にいったK（ミシュランの星ひとつつき）という蕎麦屋があって、客が行列しているから、午後一時十分ぐらいを見はからって出かける。カウンターに座って、つい天麩羅蕎麦を注文するのは「坊っちゃん」の影響だが、昼食にはいささか胃にもたれるので、ぐっとこらえて、かけ蕎麦にしている。

かけ蕎麦をすすりつつ、牛込区の神楽坂近くに住んでいた漱石先生に、この店の天麩羅蕎麦を食べていただきたいと思う。

漱石の印税帖

松岡譲(ゆずる)著『漱石の印税帖』(文春文庫)によると、漱石の作品で一番売れたのは『猫』で、歿年の大正五年までの十二年間の全著作の総計は約十万部であった。文学界最高位の人気作家でも、年間平均が一万冊に足りなかった。大正十五年以降の円本(定価一冊一円の叢書本)は四十万部売れ、のべ数百六十万部から百七十万部となった。

昭和二年に岩波文庫になり、文庫刊行二十五年時点で売りあげ一位『坊っちゃん』(四十二万八千)、二位『草枕』(三十九万四千)、三位『こころ』(三十五万八千)とベストテンの三位までが漱石の小説だった。死後三十年の著作権(いまは七十年)が切れると漱石全集が出て、漱石人気はとだえることがなかった。

松岡譲は東大哲学科に在学中、芥川龍之介、久米正雄、成瀬正一らと同人誌第四次「新思潮」を出し、漱石最晩年の門下生となった。漱石の長女筆子に見そめられて結婚し、小説を書きつつ、漱石の仕事を補佐協力した。

筆子と結婚したかった久米は、松岡を恨んで『破船』という失恋小説を書いて、松岡譲と筆子を悪者にしたてた。けちな野郎だが、晩年、小島政二郎の仲介で、久米は「悪かった」といって手をついて松岡に詫びた。筆子が「今更遅いわ。嘘ばっかり……なぜあんなデタラメばかりお書きになったの」と苦笑いした、と解説「父に代って娘よりのあとがき」で松岡譲の娘、半藤末利子さんが書いている。

久米のいやがらせや悪質なデマに耐えながら、松岡が書いた漱石の周辺や第四次「新思潮」周辺の話が十編収められている。

「漱石の万年筆」は、終戦翌年「漱石が蔵していた硯と万年筆」を売りつけられる話。牛込早稲田南町にあった漱石山房から盗まれたものらしい。「贋漱石」は漱石の書画の贋物を山ほど持ちこまれて、箱書きをしろと頼まれる苦労話。色紙短冊で贋物が多い句は「廻廊の柱の影や海の月」と「凩や海に夕日を吹き落す」。

「蘆花の演説」は明治四十四年二月、一高講堂にて黒木綿紋付羽織姿で徳富蘆花の講演があった。蘆花はトルストイに面会した作家で人気があったが、その一週間前、「大逆事件」で幸徳秋水以下十二名が死刑執行されたことに抗議する内容で、松岡は大いに感激し興奮したが、文部省で問題になった。

「三重吉挿話」は、鈴木三重吉が漱石の「虞美人草」原稿数百枚を、芝の美術倶楽部で売り立てるので古美術商に斡旋してくれと頼まれた。三重吉は漱石門下で、童話・童謡雑誌「赤い鳥」を刊行したが、生活に窮していた。

生原稿は夏目家に返還されるべきものだが、漱石夫人も三重吉に同情してしまった。差し当たり三千円から五千円程度の相場を踏んで入札市に出すと、三重吉から電話があり「あれを売るのはいやだ」という。そういわれても一度市に出されたから、三人の札元がいて一番高値が二千七百五十余円。事情を話して「親引き」（売らないこと）をすると、「ならば五千円にする」、とひきさがらない。もめにもめて、長老の札元二人が中に入ってとりなしてくれて、不穏のうちに収まった。

読みながら、その場にいあわせるような臨場感がある。三重吉は酒ぐせが悪く、漱石門下生をいびったりして性格に難があった。いくらなんでも、弟子が漱石先生の生原稿を売ったりしちゃいけませんね。

「二十代の芥川」には、芥川のぬきんでた秀才ぶりがつづられている。そのころは「柳川隆之介」というペンネームで、菊池寛は、「草田杜太郎」と名乗っていた。第四次「新思潮」は本郷五丁目の松岡の素人下宿が発行所で、編輯兼発行人名義も松岡だった。芥川が書いた「鼻」が漱石の激賞するところとなって、一躍、新進作家のスタートを切った。

京都にいた菊池寛から、「藤十郎の恋」という戯曲を送ってきたが、不出来だったので原稿を返した。のち鴈治郎の芝居で有名になった「藤十郎の恋」は、あとで菊池が書きなおしたものであった。

漱石の十三回忌の席で会った芥川は「その顔に死相といってもよさそうな、まるでポオの小説の挿絵みたいなものが現われていていてびっくりした」。

「回想の久米・菊池」に、不快な手紙の話が出てくる。漱石がいなくなった牛込早稲田の家に見知らぬ女から「不愉快な手紙」が届いた。松岡が「不良少年の附け文ですか」といって見た用箋（ノートを破いたらしい三枚の表裏）に、びっしりと久米正雄への非難中傷が書かれていた。乱暴で下手糞な文字。

かつて久米に犯された一女性で、彼が悪魔であり姦物であることを骨の髄まで知りぬいているから、この毒牙にかからぬよう、参考まで令嬢（筆子）にお知らせする。彼のこれまでの不行跡を発き、魔の魔たる所以、毒の毒たる理由が逐一書かれていた。

夫人に「こんな手紙は、破いて棄てて頂戴」といわれた松岡は、手紙を持ち帰った。女文字でわざと卑しい書きぶりだが、れっきとした男が背後についていて、けしかけながら書かせている気配があった。手紙が一種の創作になっていて、松岡は菊池寛に会って、この手紙を見せた。一読した菊池は「やっぱり独文出のYだろうな」と犯人の名を出した。「久米の個人的秘密をよく知っているうえ、芝居畑だし、けちな悪魔だから、やりそうだ」。

その後、松岡はY夫人の訪問をうけた。Y夫人はあの手紙はYにそそのかされて、いわれた通りに、面白半分、書いてしまった。冗談と思っていたらいつのまにか封書を出してしまった。Yとは離縁になり、怖ろしくなっておわびをしにきたという。

松岡がしまっておいた手紙をY夫人に渡すと、泣きじゃくりながら手紙をズタズタに千切って、ストーブで燃やした。

Yとはおそらく山本有三だろう。今度、半藤末利子さんに会ったら聞いておこう。政治家に転身した小説家は、昔も今もろくなやつはいない。

雨の日の過ごし方

六月になっても降雨量が少なく、利根川の水量が減っているという。こうなったら雨乞い踊りでもしようかと考えていると、わが家のメス猫いすず（十二歳・通称ニャア）が、シジュウカラをくわえて窓の外から飛びこんできた。シジュウカラはチッチッチッと鳴きながら羽をばたつかせている。ニャアが野鳥をつかまえたのは二カ月ぶりで、得意そうに見せびらかしてから外の駐車場へ降りた。畳の上にシジュウカラの白と黒の羽が一枚残っている。

いつものニャアは獲物を自転車の裏に置いたまま、どこかへ行ってしまうことが多いので、死骸は柿の木の下に埋める。柿の木の下にはニャアに殺された野鳥やねずみの死体が埋まっている。ところがニャアは、シジュウカラを食べはじめたのだった。獣の習性だから仕方ないが、以前ウグイスを丸ごと食べたときは羽が喉につかえて吐いた。

今回も三分後に竹藪のなかで吐いた。ニャアはもとは野良のドロボウ猫で、ガリガリにやせた骨だけの凶暴な猫だった。悪相の根性が気にいって餌を与えているうち、少しずつ馴れて、いまは床の間で一日中寝ている。

それでも、野良猫時代に虐げられた記憶が染みついていて、人に抱かれることを嫌う。ニャアがどこかへ消えて雨が降ってきた。シジュウカラは、ニャアによる雨乞いの供物であったのかと思いこんだ。

梅雨がはじまると、景色が濡れて一変する。梅雨が濃霧となってたちこめ、煙となって町じゅうを這いまわる。樹々も電柱もバス停の標識も細くなり、影絵となり、水墨画となる。

雨の匂いに包まれて、夢見心地の恍惚と不安でいっぱいになった。空の上だけでなく、からだのなかに梅雨前線が横たわっている。心がまえが悪いと黴（かび）が生える。じっとしていれば内臓や骨が錆びてきそうで、散歩に出た。

ありとあらゆるものが梅雨のなかにたたずみ、国立床屋をのぞくと客で混んでいた。そうか、髭や髪に苔が生えないまじないで床屋に行くのだな。床屋の主人が剃刀をシャーッと研ぐのは、梅雨による錆どめの呪術的威力がある。梅雨の気配は、うしろから忍び足でやってくる。

雨の日の散歩はビニール傘を使わない。途中で店に寄って話しこんだあと、雨があがると置き忘れてしまう。手にしているのは夜学教師が持ち歩くような黒い大傘である。店へ入って傘入れに差しこむと、雨水がぽとぽとと滴る三十六骨の傘である。

黒い大傘をさすと、雨の重みがずしりと手に伝わる。せっかく雨を楽しむのに透明のビニール傘では、雨に申しわけない。

若いころは、どしゃ降りのなか、番傘にばりばりと音をたてて女のところへ通った。ばりばりとはじける音に鼓舞されて歩いた。女のアパートのドアの外で、番傘をたたんで水滴を振り落とした。

仕事の先輩だった西巻興三郎さん（故人）は、女もののピンク色の傘をさして出社してきた。一目で「女の家の傘を借りてきた」ということがわかり、なるほどこれが「プロの不良か」といたく感激した。

梅雨の気配は昔のモノクロームの映画に似ていて、紗（しゃ）の透き目が入ると、しっとりした物語がはじまる。

写真家の柳沢信さん（故人）は、梅雨に入ると「雨戸を閉めきって一日中女と寝ているのがいいんだよ」といっていた。一週間ぶんの食料と焼酎を持ちこんで、汗をだらだら流してセックスしつづけているうちに梅雨があがる。この話も妙に心に残っている。

夏の八丈島で合宿したときは、どしゃ降りのなか、半袖シャツや下着を洗濯して干しておくと、いつのまにか雨があがって乾いていた。夕立が降ると、すっぽんぽんで外へ飛び出してシャワーのように浴びたのは、シャワーなんてものがなかったからだ。

ピカッと稲光りして頭が刺激され、ゴロゴロッと雷が落ちて全身がマッサージされた。天然の水分の念力が注入された。夕立を浴びなくなったのは、ビキニ沖の水爆実験で、放射能雨が降ってからだ。

梅雨は、花街の坂道を色っぽく濡らし、城下町の紅殻格子を鮮やかに染め、野の草に生気を与え、野良猫の毛を湿らせる。空も地もひとつとなって夢幻の世界になる。

古書店に入ると梅雨の匂いがするのは、ともに昔の物語がつまっているからで、伝統的な図書館も同じである。本好きの人は梅雨どきに未読の本をまとめ読みする愉しみがある。

夕立がくるのは午後四時から六時にかけてが多い。夕方に降るから夕立で、雨だけでなく、風や雷も一緒になって「夕立つ」。梅雨は物語だが「夕立」は事件である。

ピカッと稲妻が走ると、虫や植物や泉鏡花先生は緊張して、一、二、三、と数える。秒数によって雷の位置がわかる。五秒後にゴロゴロ、ドッカーンと雷鳴が轟き、畑の茄子の実がひとつコローンと落ちる。雷で落ちた茄子は熟成し、雨で洗われ、ちょうど食べごろです。

洗濯物をとりに外へ飛び出て猫の尾を踏んづけたりしないようにしましょう。雨粒に松葉や夾竹桃の花がまじっている。雀があわててひるがおの葉につかまっている。つゆ草の茎が折れる。みみずがエノコログサの根から出てくる。とんぼがひまわりの葉の陰にかくれる。小鳥や虫にとっては夕立は水害である。

昔はどぶ（下水）を濁った水が流れ、ざりがにが塵と一緒に流されてきた。屋根の雨樋に打ちつけられた蝶が下まで流れてきて、蟻も一緒に溺れていた。

夕立は一瞬のうちに終わって西日が射しこんでくる。夕立が貧相な長屋を洗い去っていった。風神雷神によるバラック家屋清掃事件でありました。

ニャアがどこへ行ったのか捜したが見つからずに帰ると、棚のてっぺんに鎮座して、見下ろしていた。

破獄

わが家に居ついた二代目野良猫いすずことニャアはいまや全身ズタズタの傷がつき、満身創痍のフランケンシュタインといった様相を呈している。皮下腫瘤となって、近くの動物病院で10×10×4センチのかたまりを剔出（てきしゅつ）した。

猫の癌の手術は、毛を剃ってから皮を切り、皮下組織を開ける。猫の皮膚は、三味線の皮に用いられるほど厚いから、癌を取り出してから縫うと、ぎざぎざの跡がつく。皮の部分を二重に縫うのである。

ニャアはわが家に来たころは凶暴な泥棒猫で、一階の窓から侵入して、あじの干物をくわえて逃げた。満一歳ほどの野良猫で、牙を剝いて爪をたて、シャーッと鼻息を鳴らした。少しでも近づくと襲うぞ、と身構え、かなりひどいめにあってきたのだと察した。

ニャアが居つくまでいた三毛猫のノラは、気だてがやさしく、柿の木のてっぺんに駆けのぼって月見をする風流なところがあり、ある日突然、行方不明となった。その三カ月後にやってきたニャアは、灰色のぶち猫でノラほど器量はよくないが、ノラの二代目として餌を与えるうち少しずつなつき、出窓に置いたダンボールの箱で眠るようになった。家猫となって、一階の十畳間の高さ一・五メートル棚の上へ飛びあがって、天井桟敷として座りこみ、家の者を見おろした。

飛びあがるとき、小さくニャッという声を発する。敬意を表して座蒲団を敷き、その席を玉座とした。

メスなのに格闘系で、畳の間で眠っていても、天井でわずかな音がすると、ピクリと耳を動かす。そういうときは、座蒲団を収納する納戸（天の磐戸）の襖を開くと、そこより屋根裏へ登って鼠パトロールをはじめる。そのときはみのがしても、翌朝は捕まった鼠が出窓の上に置いてある。

こちらが鼠の死骸を新聞紙で包むのを、天井桟敷の玉座から見おろしている。得意満面の表情ではなく「ふん」と斜に構えて見ている。自慢したいのに、「ざっとこんなもんだよ」と、わざとそっぽをむいたりする。鼠をくわえて窓の下の駐車場で食べたこともある。蜜柑の樹に飛んでくるムクドリも標的になり、羽ごと食べて喉につまらして吐き出すことになる。

わが家の周辺二〇〇メートル四方には、あと二匹の野良猫がいて、一匹はオスのクロベエで、不妊手術をすると性格が一変しておしとやかになった。クロベエは、いまなおニャアにつきまとって出窓まであがってくるが、ニャアは相手にしない。

強敵は茶色のミケスケで、ミケスケとは壮絶な路上バトルをした。組んずほぐれつ、鉤爪でひっかき、噛みつき、ガオーッと声を出して威嚇する。一年前、ミケスケに右目をひっかかれて傷がついたニャアは、近くの動物病院に行って治療した。左目にも傷があって、ほうっておけば失明するところだった。

腕のいい親切な病院の先生のおかげで、目玉の傷は治った。野良猫には天然の治癒力がある。

先代のノラは文芸系で、

片すみに猫がかたまる走梅雨（はしりづゆ）　（以下いずれも嵐山訳）

スーパーの煮干の固き余寒かな

夏の夜や牡猫に罪ありやなし

猫去って西日の雲がマッカッカ

雀食えば鐘が鳴るなり国分寺

なんて句を詠んでいた。猫は空き地に集って、念力で俳句を詠む。それを嵐山が聞いて翻訳していた。どの野良猫も餌を供出する家に依存しており、ニャアは俳句は詠まぬが近所の空き地で集会をしている。
癌手術のあと、ニャアは病院の先生が施術した点滴のプラスチック管を齧って呑みこんで、ピンセットで喉から取り出した。先生はこんな凶暴な猫は見たことがないという。
帰ってきたニャアは雑巾みたいにぐったりして、なにも食べなかった。柔らかいペットフードを無理やり食べさせて、一週間たつとどうにか生気をとり戻して、外へ出せ、と唸った。家じゅうのガラス戸を閉め切ると、爪研ぎ棒をかきむしり、カーテンを食いちぎり、新聞紙をばらばらにして怒り、すきを見てドアをこじ開け、階段を上って二階の書斎のガラス戸を開けて逃亡した。
外へ出て走ると、縫合した皮膚がはがれて出血してしまう。どうにか捕まえて動物病院で縫いなおし、繃帯を首から背中まで巻いて家の中に閉じ込めたが、外へ出せとゴロゴロ唸って脅迫する。ニャアへむかって
虹たちていずれは治る猫の傷
と俳句で霊波念力を送っても通じない。
猫声を風が吹きさる白夜かな

も伝わらない。そうこうするうち、軀をＳ字状にまげてガラス窓を開けて逃げた。老猫の小さな足に西日さす
と念じて、かつおの刺身を出窓に置いておくと、夕方になって帰ってきた。雨が降ったので、白い繃帯が泥にまみれている。戦場の傷病兵のように痛々しい。

病院で手当てをして、逃げては戻る日々が一カ月つづいた。ようやく縫いあわせた筋肉が硬く盛りあがってきたので、麻酔をかけて一部を縫合して、朦朧としたニャアを連れ帰った。痩せ細って、背中の骨がゴツゴツと出て、目つきが鋭くなり、牙に野性がよみがえった。食欲が増し、上等なキャットフードの味を覚え、昼間は天の磐戸（ダンボール）のなかで眠るようになった。

「あと一週間は、絶対に外に出さないように」と、先生にきつくいわれた。先生はニャアの強靭なる野性に気づいている。「ニャアさんの癌は、必ず私が治してみせます」と力づけつつ「外に逃がすようでは、これ以上知らないもんねー」という気配もある。

よーし、あと一週間。十畳間のガラス窓の鍵をしめた。廊下につづく引き戸につっかい棒をしてガムテープで貼りつけた。二階の窓という窓、屋根裏部屋の窓も閉めきり、探偵小説に出てくるような密室を作った。台所につながる引き戸は開けると同時

に閉めた。

ところがですよ、五日めの夜、ニャアは怪人二十面相のように出窓から脱出したのです。大きなガラス戸を何度も揺り動かし、鍵をゆるめて、「草木も眠る丑三つどき」に脱走した。吉村昭著『破獄』の猫版ですね。そして新聞朝刊が届く午前六時に戻ってくるところがご立派。

帰ってきたりニャアの句は

日盛りの塀の上から見る地球（嵐山訳）

でした。

マグロを釣る

旧友の釣り名人タコの介と沖縄の久米島へマグロ釣りに行った。タコの介の新車ピカピカ号で自宅を出発したのは深夜の三時半で、朝一番の日本航空便は割引料金ということもあって満席であった。那覇経由で久米島空港に到着したのは午前十時半。

荷物をホテルに置いて釣り船に乗っていざ出港。おんぼろ小型船ながら、たんたんたん、とエンジン音をたてて一時間半。薄曇りで気温は二十度を超えている。

めざすさきは七番パヤオ（オレンジ色のドラム缶のような巨大な浮き魚礁）で、海底まで一本のロープが延びている。ロープに海藻がつき、それにプランクトン、小魚が寄りつき、その小魚を狙って大型のキハダマグロが回遊する。

キハダマグロの仕掛けはパラシュートといい、折りたたみ傘の布のような袋にブタの飼料とイカスミをまぜたコマセをつめ、ムロアジのぶつ切りをハリに刺して針金で袋を縛る。仕掛けが百メートル下のタナに届いたところで、竿を三回ほどしゃくると、パラシュートが開く。一見すると原始的な仕掛けだが、いきなりがが一んとアタリがあった。地震みたいな揺れで、腰がくだけた。

竿さきが海面に沈んだ。手が震える。腕の関節がごきごき音をたてる。海へ引きずりこまれそうだ。相撲でいう土俵ぎわの踏んばりでこらえた。リールを巻いても、糸が出ていく。

命がけの格闘がはじまった。十メートル巻いても七メートル戻るのだ。引き方は警察犬が犯人の服に食いついたようで、がつーん、がりがり、ぐおーん、なんだこのやろー、観念しろ、ぐいぐい、腕がちぎれちゃう、額の血管が浮き出して、目玉が飛び出しそう。

やりとりしつつ水深六十メートルまであげたところで、また暴れた。竿が折れたらそれっきり。呼吸が乱れる。背骨がきしむ。肩の関節がはずれそう。きしきしとリールを巻き、一時間かけて二十キロのキハダマグロがあがった。潜水艦みたいなマグロだった。黒い肌に銀色の閃光(せんこう)が走り、黄金の帯が引かれている。

一本あげたところでへなへなと座りこんで放心状態、腕がぶらぶらである。と、そのとき、鮫の群れに取り囲まれ、大鮫が船底をかじり、穴が開いた。船に海水がたまっていく。

船長はスピードをあげて船を走らせた。このままでは船が水没してしまう。救命具をつけているから、溺れないが、鮫に喰いつかれたら命はない。

タコの介が「悪夢だ！」と声をあげ、私も「これは夢である」と思いこんだ。すると沖縄の海は消え、自宅の蒲団の上で目がさめた。夢であった。六年前まで、タコの介編集長の「つり丸」という釣り雑誌で日本中を廻った記憶がしみついていた。先日、ひさしぶりにタコの介に会い、「釣りに行こうぜ」と約束したことが原因だ。

毎晩のように原色の夢を見る。いとおしい記憶がフラッシュバックして、ディテイルが鮮明によみがえる。少年時代の長編には祖父が出てくる。中編の昭和時代シリーズは父が出てくる。活劇とロマンの短編はさまざまな友人が登場する三本立てである。窮地に追いつめられる夢は短編に多く、「夢であれ！」と念じると本当に夢である。

失業していたときは、夢の中で就職した会社へ勤めていた。夢の会社へ、毎晩、夢の中で通う連続ドラマだった。

夢を見ながら、あ、これは夢だな、と気づくこともあり、上等な料理が出てくると、食べようとしたときに目がさめた。なぜかというと、上等な料理を食べた経験がないので、脳が、「これは夢ですよ」と判断してしまうからである。

それに気づいてから、上等な料理を食べまくり、夢の中でもおいしく食べる根性をつけた。

五月の連休あけは坂崎重盛と日本橋三丁目にある老舗の鮨屋へ行った。カウンターに座ると、熱い茶がどーんと出た。湯呑みの縁に手をふれると、あちちち、口を近づけて、ふうふう吹きつつすするのが江戸前の客ってもんだろう。まずはアサリだ。アサリを薄く醬油漬けし、そのままシャリの上にのせたのを、つかみづけの握りという。右手でつまんでポイと口にほうりこめば、アサリのエキスがじゅわーとしみて、口の中が江戸の夕暮れとなった。一貫に七つほどのアサリが盛られている。

じゃ、はまぐりも、ということになり、一貫ずつすとん、すとんと握ったのを口にいれると、ぐりっとくる歯ごたえに快感がある。煮はまを食べて茶をすすろうとすると、茶がさっと熱いのにさしかえられた。

つぎはコハダにいく。酢がきいた握りで、コハダの味がひょいと舌に斬りこんできて、五月の風の涼しさがある。シャリはやや固めで、味がぐいとひきしまり、ほのかに杉の香りがするのは杉樽の酢を使っているからだろうか。

イカ、アナゴ、マグロ、アジ、とたてつづけに食べるうち、電光石火の早業で熱い茶にかえられる。坂崎氏とは「これぞ一流店」とされる江戸前寿司をかたっぱしから食べまくり、寿司職人の超絶の技と味を堪能して『江戸前寿司一の一の店を行く』という本を出版した。タイ、クルマエビまで食べたところで、これは夢かもしれないという疑念がわくが、どっちみち、勘定は坂崎旦那にまかせるという腹づもりで、トロ、アカガイ、シャコを食べ、ガリを齧（かじ）りつつ、「ふたりとも七十五歳で引退する」と思案していたけれど、もうちょっと延長しようかという話になった。

「じゃ、あと三年か」「けちけちせずに五年にしましょうよ」「それまで生きてるかな」「それはわかりませんけど、生きてる限りは枯れてたまるか」

イワシ、サバ、アジの握りを食べつつ「ねえ、いま夢を見てるんだよね」と話すと「夢にきまってるでしょ。過ぎゆくことはすべて夢の中です」とのことだった。夢か真かはわからぬまま五月の風が吹く。

ボケモンはキリタップをめざす

釧路空港に降り立つと霧時雨（きりしぐれ）であった。これより四人組旅行団は霧多布（きりたっぷ）湿原へ向かうのであるが、ひとまずは厚岸（あっけし）駅にかきめしを食べに行く。かきめし弁当はかきの煮汁で濃いめに炊いた飯の上にかき煮つけ四個と浅蜊煮つけ七粒と、北海道特産の太い蕗（ふき）煮などがのっている。東京のデパートで開催される全国駅弁大会で第三位の人気だった。

この弁当を食おうと思いたって、釧路から根室本線（花咲線）一輛編成ワンマンカー鈍行に乗った記憶がある。厚岸駅改札を出て売店へ行くと「ありません」といわれて、ダアとなった。冬場は客が少ないので、土・日だけしか作らないという。店の主人（あるじ）は東京で開催される駅弁販売会へ出かけ、そちらのほうがいそがしい。

そのときは、駅売店でスルメと缶酒を買い、つぎの列車に乗った。列車はウルルン、ルルルンと唸りながら横揺れし、窓ごしに粉雪が舞う霧多布湿原を見た。

今回の三泊四日の旅は国立（くにたち）にある桐朋高校の十四期生四人組。旅の団長は男っぷりのいい並木君で高校の番長だった。日焼けして精悍な顔の垣添（かきぞえ）君は元国立がんセンター総長で『妻を看取る日』（新潮社）というベストセラーを書き、『巡礼日記』（中央公論新社）も刊行された。

シューちゃんこと佐藤君は発明王で、二十代のころ地下足袋自動洗濯器を開発し、室内空気清浄装置で三億円の損したが、いまは従業員一八〇名の企業の会長をしている。番長、総長、会長の三人に対して文芸を生業（なりわい）とする私は長の字がつかない。

ポケモンGOというゲームが流行しているがこちらは後期高齢者だから、ボケモン・ゴーとあいなった。

並木君の運転で、レンタカーは一時間ほどで厚岸駅前にあるかきめしの売店（氏家待合所）に着いた。プレハブの売店に小さな食堂があって、店舗内メニュー（味噌汁・漬物付き）のかきめし丼を注文した。味の甘みが強いので、主人に「昔のかきめし弁当はだれが作ったの」と訊くと「母親です」とのことであった。昔のほうが味に深みがあった気がする。丼を駅弁に仕立てるところに滋味と旅情が生まれる次第で、丼めしの体裁は感動に欠けるな。ということは「駅弁」というスタイルが旅情をそそらせるわけで、これは他の駅弁にも共通する。

てなことを考察しつつ、霧多布湿原ナショナルトラストのインフォメーションセンターに着き、三膳時子理事長に会った。国立にあるシューちゃんの明窓浄机館は、霧多布湿原ファンクラブ東京の集会場になっている。時子さんはケラケラ笑う明朗な令夫人だ。センターの前に湿原が広がり、五〇〇メートルの木道がえんえんと奥へつながっている。木道沿いに歩くと霧の匂いがした。ハナショウブ、ツリガネニンジン、エゾムラサキといった紫色の花が咲いている。ピンク色のエゾフウロが風に揺れている。そのうち、霧が晴れて、太陽がうっすらと空中に漂って、雲間から淡い光線を放ち、風景を洗い流した。ススキは銀色の弧を描き、木道の下に黒い泥炭が見える。

霧多布湿原は海岸線から広がる約三一〇〇ヘクタールで、国内で三番目に大きな湿原である。

並木君は、キユーピーの専務をしていたときから、霧多布湿原の保全にとりくみ、定年退職後も、湿原の周辺部の民有地を買いとって公共の財産とする運動に取り組んできた。熱血番長の純情に押されて、三人もファンクラブの一員となって十五年がたった。「きりたっぷ花の恋歌」なるものを作詞してCDを作っちゃうほどいれこんでいるんだからね。

垣添君は空手初段、居合抜き三段である。湿原を歩きつつも、飛んでくる虫を居合の呼吸で打ち落とす。秋に四段昇格の試験があるという。

シューちゃんは、旅のあいだ、ほとんど風景というものを見ない。たまにオオワシを見つけて近づいて逃げられるが、興味を示すのは建築物と空地である。

組合長の工場の土台を見ながら「修理が必要だ」と促し、屋根を見あげて「あと一年で雨漏りする」と断言する。空地があれば、再利用する法を考え、牧場をみれば、値段を訊く。四五〇〇万か、じゃ、買いますよ。あと牛は一頭一〇〇万円として、五頭で合計五〇〇〇万円ね。あのね、シューちゃん、牧場と牛を買って、だれが牛の世話をするの。

ここで考えこむシューちゃんをほっておいて、アイナメ（当地ではアブラコ）釣りに出かけた。川村義春さん（浜中町議会議員）の船に助っ人として金沢剛さん（浜中町役場）がついてくれた。

海はふたたび深い霧に包まれ一〇メートルさきが見えない。霧の海の中を、さらに固まって通る霧がある。台風の影響で波が荒くなってきた。と、突然、目前に軍艦を思わせる黒影があらわれた。ケンボッキ島の天神岩であった。

アイナメは日本の近海の岩場にいる魚で、美味である。なわ張り意識が強く、ほかの魚が近づいてくると嚙みつくという。

並木君に「アイナメって図々しい魚なんだろ」と申し述べると「図々しいのはおれたちのほうだ」と注意された。「このへんのアイナメはあんまり泳ぎ廻らず、海の底でエサを待ち伏せするんだ」

「じゃ、すぐに釣れるね」

「図々しいやつには釣れない」

並木君は、たちまち四五センチのアイナメを釣りあげた。茶褐色の大型である。

竿は二本のハリがついた胴付き仕掛けで、ハリにサンマの切り身をつける。

ハリにかかるのは昆布ばかりで、垣添君の竿にもあたりがなく、川村船長は小まめに船を移動させた。一時間たったところで垣添君の竿に、ブルルルーンとあたりがあり、五〇センチのアイナメがあがった。

釣れないのは私ひとりか、と思ったとき、きたきたきたあ、きたあ、竿さきがドッカーンとしなった。ああ、なんというヨロコバシイ一瞬でありましょうか。リールを巻く指さきがぶるぶると震えている。ばらさないようにゆっくり、ゆっくりとあげると六五センチ、二キロの巨大アイナメであった。

ボケモン・ゴーゴー。

浜へ上ってから、アイナメを炭火で焼いて食べました。

キューさん、ウズベクに死す

二〇一三年十二月の週刊朝日にキューさんこと加藤九祚(きゅうぞう)氏のことを「九十一歳のインディ・ジョーンズ」と書いた。キューさんは私が平凡社に勤めていたころの先輩編集者で、私より二十歳上だが、人柄がやさしいので遠慮なくキューさんと呼ばせてもらっていた。

戦時中、旧満州の関東軍にいたキューさんは、戦後シベリアで四年八カ月にわたって抑留され、ロシア語を覚え、帰るころには通訳もした。上智大学ドイツ文学科三年に復学し、卒業後、平凡社に入社した。

学者タイプの篤実な編集者で、鳥打ち帽をかぶって、だぶだぶのおしゃれなズボンをはいていた。

そのころの平凡社は麴町四番町のオンボロ社屋に奇人怪人天才俗人化け物無宿人がバッコする梁山泊で、下中邦彦社長がそういった連中をとり仕切っていた。社長はクニヒコさんと呼ばれていた。

お正月には「お年玉」、桜が咲くと「お花見料」、中秋の名月には「お月見料」の金一封（五百円札一枚）が支給される会社だった。中庭で労働組合主催の演芸会が開かれた夜は、キューーさんがロシア人を連れてきてロシア民謡を合唱したりした。

キューーさんは一九六三年（キューーさん四十一歳のとき）、『シベリアの歴史』（紀伊國屋新書）を刊行した。その翌年、コーカサスへの船旅で、梅棹忠夫氏と一緒になり、のち平凡社退職後に民博（国立民族学博物館）教授として採用された。

『シベリアの歴史』を刊行した翌年、井上靖氏からシルクロードの旅の案内役を依頼された。井上靖氏はクニヒコさんと直談判して、キューーさんを「貸してください」と頼んだ。それも三度にわたって西トルキスタンとシベリアの旅に同行した。一九六八年（キューーさん四十六歳）、私はキューーさんから、ぶ厚い『ソグドとホレズム』という翻訳本をいただいた。造本はしっかりして、タイトルと著者名は活字で組んであるが、本文の文字は全部ガリバン刷りであった。

「ちょっとしか刷ってないんだけどさ、おれの本！」

キューーさんの目が照れくさそうにくしゃくしゃになって笑っていた。井上靖氏の序文があったので二度びっくりした。

キューさんは、威張らず気取らず、天真爛漫で、少年の目を持った人だから、どこへ行っても好かれた。キューさんには「穏健なる人の底力」がある。平凡社を退職後、『シベリアに憑かれた人々』（岩波新書）を書き、一九七六年（キューさん五十四歳）、『天の蛇――ニコライ・ネフスキーの生涯』（河出書房新社）で大佛次郎賞を受賞した。旧ソ連滞在中で授賞式に出られず、帰国してから大阪の仲間だけの受賞記念パーティーがあり、司馬遼太郎氏と出会い、以後、司馬氏が年に一回開く飲み会に参加した。

一九八〇年刊の『シベリア記』（潮出版社）は、シベリアで強制労働をさせられたときの痛恨の記録で、序文に司馬遼太郎氏が「世界中のどの文化に属する人が見ても、九祚さんの人柄というものはわかってしまう」と書いている。

三年前、「ウズベキスタンの教科書に偉人として掲載されている日本人」というテレビ番組でキューさんを見た。カリモフ大統領から友好勲章を貰った日本人は「はたしてなにをしているのでしょうか」というバラエティー番組だった。

「加藤の家」というプレートがはめこまれた倉庫から白髪白髭のキューさんがあらわれ、丸メガネの奥で柔和な目が輝いていた。テロップに加藤九祚、九十一歳とあった。キューさんだ、キューさんだと興奮してテレビの前に正座した。

キューさんは、自分の仕事を「遺跡の採掘屋」と答えた。シルクロードの古代遺跡を採掘している。大統領から貰った勲章はブリキ缶のなかにしまってあった。嬉しくなって、キューさんとの思い出を週刊朝日に書くと、キューさんからハガキが届き「年のうち半分はウズベキスタンで採掘している。日本へ帰ったとき、吉祥寺で一杯飲みましょう」と書いてあった。

平凡社刊の雑誌「こころ」の二〇一六年八月二十五日発行号に「奇跡の文化人類学者・加藤九祚さんの九十四年」というインタビューが掲載された。インタビューしたのは同誌編集長の山本明子さんで、半藤一利氏のベストセラー『昭和史』の担当者である。「こころ」(定期読者だけ)には、山本さん手書きの「こころ便り」が一枚入っていて、これがやたらと面白い。

そのインタビューを読み終わったとき、新聞でキューさんの訃報を知った。九月十二日未明、調査のため訪れていたウズベキスタン南部・テルメズの病院で死去。九十四歳。

二十五年前、私は「六十八歳のキューさん、シベリアを走る」という記事を「本の雑誌」に書いた。そのころ、キューさんは携帯自転車を背中にかついでシベリアを旅していた。

「こころ便り」に、インタビューの日、キューさんは、おでこに大きな絆創膏をはってあらわれた、とある。四日前、自転車で転んで三針縫った。治療が夜分におよんで、予定していた日にインタビューのことを忘れてしまった。

会社に来たキューさんは、辛いことも含め、二時間以上、お話ししてくれた。半藤一利さんのライブラリー版全三巻『日露戦争史』をお見せすると「読みたい」と瞳をキラリ。荷物になるので送りますと言うと、「大丈夫」とぎゅうーと鞄につめ「ほら入った」というような笑顔。……と山本明子さんの名調子「九さんの笑顔の巻」に書いてある。

平凡社の後輩の渡邊直樹大正大学教授（当時）に電話して、「こころ便り」の一文を読みあげた。渡邊氏は、キューさんとの飲み会をセットしてくれたが、スケジュールの調整がつかなかった。

――玄関先まで送ると、両手をしっかりと握ってくださり、数メートル進んでは振り返って頭を下げ、信号を渡ってまた振り向いて手を振り、姿は見えなくなりました。

（「こころ便り」）

とまで読んだところで、キューさんの姿が頭に浮かび、涙ぼたぼた、声がつまり、それ以上読めずに、電話を切った。

その一カ月後、「九さんをしのぶ会」が開かれ、二〇〇人ぐらいが集った。民博にいたころ、しょっちゅうソ連に行くため、公安警察が何度もやってきた。スパイとして疑われたが、来るたびに酒宴となり、公安警察官がすっかりキューさんのファンになり、自分で一升瓶を持ってきたという。友人とバイカル湖へ行って、バイカル湖の水を瓶にくんで、水割りウィスキーを飲んだという。

きだみのるの八王子の村へ

ＪＲ中央線高尾駅からクルマで二十分北上すると辺名（へんな）の桜がある。道路の真中に桜の木が植えられ、「しばらくは花の上なる月夜かな——芭蕉」の句碑がある。

ここはきだみのるが暮らしていた村で、芭蕉が訪れたという記録はない。きだドン（通称）が、土地のボスに「芭蕉とこの桜じゃ年代があわないだろ」というとボスは「なに、これは五代目の桜でさあ」と答えた。土地のボスにそういわれれば、うなずくしかない。

きだみのるはファーブル昆虫記の訳者で、戦時中に『モロッコ紀行』を書いたブライ派の作家である。雑誌「世界」に書いた『気違い部落周游紀行』がベストセラーになり、松竹で映画化されてヒットした。

私は『漂流怪人・きだみのる』（小学館）を書いた。きだドンは反国家、反左翼、反文壇の作家で、人間のさまざまな欲望がからみあった冒険者であった。辺名の破れ寺に住みついて、村を観察しつづけ、村に碇泊はしているけれど定着はしなかった。一カ所に定着しないことは、枯れないコツであって、表現者の習性である。私は老母を介護するため、国立の実家に戻ったが、週に二日は神楽坂の仕事場へ行く。国立は住みやすい町だが、安心してしまって、仕事は停滞する。

　きだみのるはおんぼろ自動車で放浪し、家から去り、妻から去り、ストーブから去り、水道から去り、書斎から去り、天井から裸電球が一個ぶらさがっている部屋で思索し、村の生活を書いた。「自由とはかくも苛酷なものか」と思い知らされた開高健は「一人の卓越した史家の裸の目を感ずる」と激賞した。

　きだドンが没して半世紀がたち、暮らしていた八王子市恩方（おんがた）地区に隣接する小津（おつ）町で「きだみのるの料理を食べる会」が開催されて、出かけていった。

　中学生のとき、岩波少年文庫の『昆虫記』を読み、岩波新書の『モロッコ』に仰天した私は、放浪願望がつのり、きだみのるにあこがれていた。はじめてきだドンに会ったとき「アラビアのロレンスの日本版ですね」と言ったら「おれはロレンスじゃねえよ」と即座に否定された。おれはスパイじゃないぜ、きーだみのる。翻訳家、旅行家、詩人、作家、コスモポリタン、そして社会学者という多面体があわさって、きーだみのる、となる。

『きだみのる――自由になるためのメソッド』（未知谷）の著者・太田越知明氏の協力を得た、八王子市土地利用計画課（倉田さん）の企画だった。

木造駅舎の高尾駅から多摩御陵沿いの道を走り、旧鎌倉街道を過ぎて小津川沿いに左折すると、山に囲まれた田園地帯になる。東京都とは思えない静かな山村風景である。梅の古木を白い花弁が霞のように包みこみ、巨木のしだれ桜は開花直前で、一週間もたてば山火事みたいに咲き乱れるのである。

小津町会館には数十人の客が集まっている。庭には町会所有のテッキ（鉄製の台）が置かれ、豚スペアリブステーキ、豚骨ネギスープ、きだサラダの野菜が用意されていた。

サラダはレタス、トマト、赤ピーマン、きゅうり、ボンレスハムを使い、ドレッシングは、レモン、塩、こしょう、オリーブ油、ニンニク。レモンはテーブルの上でゴロゴロと手のひらで押してころがす。ニンニクは包丁のハラで上からつぶす。すべてきだドンの流儀で、いまは嵐山の定番サラダになっている。スープは、大鍋に豚スペアリブ五キログラムとネギ五本、ニンニク十個、こしょう、塩を入れてグラグラと煮る。

開高健が安岡章太郎ときたときは、七輪に洗面器状のデコボコ鍋をかけ、豚のアバラ肉一枚を放りこみ、塩とニンニクをふりかけ、アバラ肉がジュウジュウと音をたてはじめるとナイフの刃をたてて切り、ひときれ、ふたきれ、口に放りこんだ。そして、たった一本しかない前歯で二、三度、もぐもぐとやってから、巨塊をゴクリと呑みこんで「ああ、うめえ、鼻血がでらあ」と言った。

安岡章太郎は洗面器から肉汁をすくって、〝すごいソップだ〟といった。山から下りて八王子の駅についたところで、さしもの開高健もチャンポン呑みにあてられてもどしてしまった。翌日、開高氏が安岡宅に電話したら、オレ、リュウマチが出てしまった、というかぼそい声が聞こえた、という。

「栄養・過剰・奔出」のスープだが、今回は煮込む時間が一時間しかなかったので、あっさり味となった。

きだドンは、エスカルゴの代用として、かたつむりを焼き、雑木林のクサギの木の巣穴にいる蛾の幼虫を細竹でひきずり出して、フライパンであぶった。焼きえびに似た味がした。ガマガエルは皮をむいて、ラム酒をかけて、ペッパーと塩をふってこんがりと焼いた。餓死と贅沢のあいだを往復している日々だった。

ヨーグルトは自家製だった。この日参加した小山さんの家で六頭の乳牛を飼っていて、きだドンに牛乳を提供したという。生乳を大缶に入れておくと発酵してヨーグルトになる。これは私もごちそうになった。

きだドンは二十四歳でヨーロッパへ行き、三十九歳（昭和九年）のときフランス政府給費留学生として渡仏して、パリ大学で社会学と民族学を学んだ。モースの教室には岡本太郎がいた。この年、中国に侵略していた日本は満洲国帝政を実施して、列強各国から憎まれ、蔑視されていた。昭和十一年、きだドンは二・二六事件がおきたことをパリで知った。

というような話を、私と太田越氏がスライド入りで解説しているうちに、テッキの上でスープが煮えてくる。イワナや里芋やスペアリブが焼けてくる。

八十九歳の原さんは、きだドンの助手をして、岩波書居へ原稿を届けたことがある、という。きだドンは人使いがあらかったもんなあ。私がきだドンに会ったとき、きだドンは七十五歳で、六年前の私の年齢だ。

きだドンにそそのかされて、会社を一カ月休んでモロッコへ行ったのは二十九歳だった。と、なんだかんだと思い出しつつサラダやスープを食べて、わいわいがやがや。

小津地区の住人は純朴であたたかく、気っぷがいい。高校後輩の上恩方の尾崎君（活劇的俠客）も七十歳になった。

黒こげのスペアリブをかじって、前歯が一本欠けるというおまけつきだ。

第三章　老いていよいよ現役

蠟燭能「山姥（やまんば）」の怪

蠟燭能（ろうそくのう）というのをはじめて観た。薪能（たきぎのう）は知っているが、蠟燭ときくと、なんだか怪しいショーではないかといぶかったが、出演者は金春流（こんぱる）能楽師の「座・SQUARE」で一九九八年に結成された俊英の四人組だ。高橋忍、辻井八郎（ともに重要無形文化財）、山井綱雄、井上貴覚。金春宗家直伝で格調が高い。

能は現存するもっとも古い演劇で、南北朝から室町にかけて観阿弥（かんなみ）・世阿弥（ぜあみ）親子が完成させた。野外の能楽は楽しいが、能楽堂の能はいささか眠くなる。

興行さきは、さいたま市中央区にある会席料理店二木屋（にきや）である。二木屋オーナーの小林玖仁男（くにお）氏は和食文化の歳時に詳しく、祖父小林英三翁（元厚生大臣）の古屋敷（国の登録有形文化財）を使って会席料理店をはじめて十八年がたった。

古式の庭に能舞台を設置して、七夕の夜（蠟燭能）、九月の薪能を企画してきた。能上演のあとに会席料理を供する。

小林玖仁男著『あの世へ逝く力』（幻冬舎）の書評を四カ月前に書いた。同書は突然余命宣告を受け「早ければ二年半ほどで死に至る」小林氏が「死の恐怖をどのように乗りこえるか」という決意表明書であった。この世を旅立つ最後の瞬間まで楽しみを用意し、余命の時間を使いきろうとする意志と気迫に圧倒された。

茜色の夕焼けが薄墨に暮れなずむころ、秘密結社の饗宴に参加する気分で二木屋へ向かった。広大な庭一面に、ガラスコップに入れられた五百個の蠟燭が、ちろりちろりと炎をあげている。庭園の空中には、天の川に見たてた蠟燭の群が、彦星と織姫の「年に一度のデート」を祝福するようにかかっている。

ひさしぶりに会った小林氏は、長身巨軀の紳士であることに変わりなかったが、いちだんと瞳が澄んできて、銀髪興行師の憂愁をたたえているのだった。

メインのダイニングで赤ワインを飲むうち、松の黒影が夜の帳に身を寄せて、濃い闇となり、長い廊下づたいに、奥の間（十八畳和室）にしつらえた見所（観客席）へ案内された。十八畳の和室に六十名の客が息をひそめて座っている。

客室の欄間には尾崎咢堂翁（東京市長）揮毫の「春風無私情」（春風私情無し）が掛けてある。

客席のすぐ前が三間四方の舞台で、柱や壁にも蠟燭が灯されている。

庭に配置された五百本の蠟燭の灯が揺らいでいる。

すっかり暗くなり、天界から星が降りそそいだ異界に、霊魂が群れている。

観客のあばら骨がぐらりと揺れたところで、曲目「山姥（やまんば）」の解説が始まった。

世阿弥が上演した夢幻能で、百魔山姥（ひゃくまやまんば）と呼ばれる女芸人（遊女）が信濃の善光寺にお参りする途中、越中と越後の国境の山へ入りこんだ。日が暮れたころ、本家の山姥（鬼女）があらわれます。

鬼めいた仙女の山姥は、山そのもので、自然の象徴である。輪廻（りんね）の運命を背負った深山の霊鬼が化身して、妄執の本能が鬼女の形となりました。邪正一如（じゃしょういちによ）、善悪不二（ぜんあくふに）という理（ことわり）を知れば、この世の現象は色即是空（しきそくぜくう）そのものであります。煩悩（ぼんのう）と菩提（ぼだい）、仏と衆生（しゅじょう）、衆生と山姥、緑の柳と紅の花のように、一見対立して見えるものは、仮の姿なのです。鬼女の山姥は、自然そのものなのです。

わかりやすい説明に、客はふむふむとうなずいて、目玉をぴかーんと見開いてかたずを呑む。とみるま、しぼり出すような地謡（じうたい）が銀屛風の奥から流れ、暗闇から白髪の山姥が墨汁がにじむように現れた。

全身が金縛りにあった。

圧倒的な劇的瞬間。

ワキ（従者の男）を連れ、鹿背杖を荒々しくついて山また山をかけめぐる山姥。白い面に長い白髪をふり乱し、野性の鬼女が扇を持って舞う。

銀屏風が幽谷の神秘をかもし出し、異次元の世界にひきずりこむ。囃子方（笛や太鼓）がなく、地謡の吐息までが、どっくんどっくんと胸を叩く。アカペラである。

……鬼ひと口の雨の夜に、神鳴騒ぎ恐ろしき、その夜を黒ひ白玉か、なにぞと問ひし人までも……

地謡と舞は、当意即妙のライブ感覚で、山姥がとーんと鹿背杖を振りおろすと骨ごと内臓をキックされた。毛細血管のさきまで電流が走り、これぞ世阿弥が演じた能だったのか。

二木屋は武家屋敷を模してある。戦場へ向かう武士は、死と隣りあわせの官能を幻視していた。生と死の輪廻転生、地謡が低く高く波うって語りかける。

……一念化生の鬼女となつて、目前に来れども、邪正一如と見る時は、色即是空そのままに、仏法あれば世法あり……

謡曲を聞くうち、能が詩劇であることがわかる。

「山姥」の能面には定形がなく、野性を秘めたものや赤みを帯びた鬼女、泥眼まで用いていたらしく、この夜は白い面であった。地謡と演者は自在に、阿吽の呼吸で動き、演出の工夫で、上演するたびに変化する。夢幻能だから、演者の動きが見せどころになる。能は仮面劇で、面には呪術や霊性がこめられている。

「座・SQUARE」は能本来のダイナミックな劇空間を模索して、ワークショップや小中学校の演能もしている。「山姥」は、

……山また山に、山巡りして、行くへも知らず、なりにけり、

と消えていった。

夜の闇に溶けこんで姿を消すところに夢幻能の妙があり、見終わってから現実に戻ると、ああ夢であったのか、と目がさめた。宴席の会席料理は七夕の夜にふさわしく涼しく、上等のワインを飲みつつ、シキソクゼクウと酔っていくのでした。

九月は狂言「魚説経（うおぜっきょう）」と薪能「加茂」。「加茂」は京都の加茂神社にまつわる神話を題材にした能で、別雷神（わけいかづちのかみ）が赤頭（あかがしら）に稲妻の光りものをつけて舞う。かみなり様の舞ですからね。薪能で見ればゴロゴローン、ぴかり、ドカーン、さぞかしエキサイティング・マッチになると思われます。小林氏は、この公演の四年後に、京都で逝去されました。

『まわり舞台の上で　荒木一郎』

渋谷Ｂｕｎｋａｍｕｒａオーチャードホールで開催された荒木一郎コンサートに興奮した。デビュー五十周年記念と銘うった一回だけのコンサートで、料金は一律八〇〇〇円だが、三階席しかとれなかった。四階席まで超満員。会場の売店でＣＤ三セットと、『まわり舞台の上で　荒木一郎』（文遊社）を買った。厚さが四センチ（五六二ページ）もあり、亀和田武との対談が収録されている。ＣＤと本をわしづかみにして鞄にぎゅうぎゅうにつめこんだ。

この本は、荒木一郎の五十年史が写真入りで収録されていて、読み出したら止まらない。一日かけてすみからすみまで読んだ。不良性一二〇パーセントでべらぼうに乱暴だ。

一九六六年に始まった荒木一郎のラジオ番組『星に唄おう』のテーマ曲「空に星があるように」がシングルリリースされると六〇万枚のヒット作となった。同年、レコード大賞新人賞を獲得して、一躍人気歌手。つづいて「今夜は踊ろう」や〽真赤なドレスを君に……の「いとしのマックス」がミリオンセラーとなった。

作詞・作曲をひとりでするシンガーソングライターの元祖である。芸能プロダクションで作られた歌手ではなく、自分で自分をプロデュースした。

一九六六年は、私が出版社に就職した翌年で、荒木一郎は私より二歳若い。六〇年代から七〇年までは高度経済成長期で、日本は経済大国としての地位を確立して、人口が一億人を超えた。繁栄と頽廃は裏表で、シンナー遊びをする若者たちも登場するようになり、終末へむかう予兆をはらんでいた。

荒木一郎は十六歳（一九六〇年）のとき、NHKテレビドラマ「バス通り裏」にクリーニング屋の役で出演していた。青山学院高等部で、バンドを作りモダン・ジャズのドラムを叩いていた。ほぼ同棲に近い仲のガールフレンドがいて、「空に星があるように」という曲は、その女性に「ひどい振り方」をして、振った相手の気持ちになって作ったという。こんなのアリなんだね。男が「恋人」を捨てて、捨てられた女の気持になって歌うなんて、「恋人」はどうしたらいいんでしょうか。一世をフービしたラブソングだが、そんな事情があるとは知らなかった。とにかくぐれていた。ビクターは「曲だけ欲しいという意向で、橋幸夫に歌わせる企画だったらしい」と、興味深い裏話がいっぱい出てくる。

一郎さんは一九四四年一月八日生まれ。母は文学座の名女優・荒木道子で、父は文芸評論家の菊池章一。菊池はテレビやラジオの脚本家として活躍していた。両親は、一郎が小学校四年生のときに離婚し、母親のもとで育てられた。人気脚本家の父と女優の子で、両親がリコンという特権的かわいそうな子。母ひとり子ひとりのロンリー・シティーボーイ。

舌足らずで、ささやきかけるように歌い、歌声が聞く人の胸のなかで溶けていく。作詞作曲家が歌手に歌唱指導するような歌い方で、絶唱をしない。リズムを少しずらす歌唱法はジャズ演奏の感覚である。

二十五歳（一九六九年）のとき、強制猥褻致傷容疑で東京・町田署に連行された。二十三日間拘留され、不起訴となって釈放された。サングラスをかけ、白いハンカチを胸につけて出てきた。生意気だったから、マスメディアの激しいバッシングにあい、テレビや新聞からシャットアウトされた。

そんななか、立川談志や野坂昭如からは応援された。野坂さんは、ことあるごとに「かっこいいなあ！」とほめちぎっていたし、復活コンサートにつめかけた女性ファンは、そりゃもう目をトローンとさせて腰をゆるく振っていた。いつの時代も、女を喜ばせるのは不良青年である。

五十周年記念コンサートにゲストとして出演した宇崎竜童は「潮騒の街」など三曲歌い、「荒木さんの脱力感は出せないので、せめてサングラスをかけるところだけ真似した」と語った。ナマの宇崎竜童の歌も四十年ぶりでなつかしい。

午後五時に始まったコンサートは、えんえん三時間半もつづき、午後八時半に終わった。一郎さんは七十二歳になり、話が長い。で、二十三日間拘留されたときの話になる。留置場用語で「タタキ」は強盗、「カブリ」は泥棒、「パイになる」は釈放のことと説明してから、「留置場の歌」を歌いだした。留置場で知りあった人から、「パイになったら、ことづてを頼む」というような歌詞であった。

拘留された年の十二月に、「水木京子」という変名で舟木一夫に「北国にひとり」という曲を提供した。この曲も留置場で作った。しかし水木京子の正体がわかったとたんに、シャットアウトされて電波に乗らなくなった。

そのころの収入は、勝新太郎の口利きで得たキャバレーのステージが月に数日あるだけで、妻子は家を出ていってしまった。

東映・中島貞夫監督の『温泉こんにゃく芸者』、池玲子主演の『温泉みみず芸者』（鈴木則文監督）などのポルノ映画に出演して、ポルノ女優のプロダクションを作った。ポルノ女優を二〇人ぐらいかかえ、社長みずからムスタングみたいな外車で、池玲子や杉本美樹という人気女優の送り迎えをした。「荒木一郎は夜の帝王」という評判になったところで、まだ一五〇ページ、自伝本の三分の一にも達していない。

以後、今日に至るまでの荒木一郎の波瀾含みの活躍譚が語られる。浪曲の原案、シンセサイザーを駆使した『地球の唄』、映画『女番長（スケバン）』シリーズの主題歌。寺山修司の劇団「天井桟敷」のための曲。日活ロマンポルノ映画のプロデュース。

小説『ありんこアフター・ダーク』という傑作に関しては亀和田武との対談が痛快だが、渋谷・道玄坂にあったジャズ喫茶「ありんこ」は、コーヒー一杯五〇円で私の学生のときのたまり場だった。明治大学にいた変装魔の唐十郎と会ったのも「ありんこ」で、私は『口笛の歌が聴こえる』（新潮文庫・一九八八年刊・絶版）にそのことを書いた。一郎さんの小説「ありんこの排他的でうさんくさい客」のひとりは私でありました。

黒光りするこの一冊は六〇年代以降の不良の栄光で、荒木一郎の漂着のうねりを語っている。そこには昔への甘い回想や抒情などなく、漂流の周辺にさまざまな歌の残像がある。読むうちに、胸がどどどっと高鳴った。

See Rack

銀座ブロッサム中央会館の「立川志らく独演会」にはさまざまな思い出がある。東日本大震災の数日後、銀座の町にほとんど人通りがなく、停電を覚悟してロウソクを用意して決行した。それでも広い客席の半分は熱心なファンで埋まった。

三年前は隣席に安西水丸が座っていて「忙しすぎて落語を聴く時間もなかったんだ」と愚痴をこぼした。水丸はその五日後に急逝したので、それが最後の別れとなった。銀座ブロッサム中央会館へ行くと、にこやかな水丸に会える。

開場三十分前から客が長蛇の列で熱気がむんむん。志らく人気はとどまることなく、チケットは発売と同時に売り切れてしまう。志らくは「らくだ」を高座にかけた。

高座にあがった志らくはまくらでTBS「ひるおび!」コメンテーターの苦労話。テレビの裏話はいまひとつ面白くない。プログラムに、嵐山が「志らくは銭を取る芸なんだからテレビなんぞでタダで見せたらいけない」と叱った、と書いてある。「ひるおび！」以外にも色々とテレビに出演しているのは、師匠の談志が言うところの「人生成り行き」だ、と弁解している。志らくはこのとき五十三歳、脂が乗り切って絶好調である。

まずは「金明竹（きんめいちく）」の一席で商家の番をする与太郎の前に、関西弁の道具屋がやってくる。中国から伝来した黄金色の竹だの織部の茶碗だの、風羅坊（ふうらぼう）（芭蕉）の「古池や……」軸物だのの道具七品をまくしたてる。変な関西弁を外国人にした工夫が聴かせどころ。

フリーケアー（古池や）ミーズ（水）、ノート（の音）といった関西弁外国人バージョンで笑わせる。突然、リオデジャネ色、なんて色が出てきて、最後は「西友、ネクタイ」（シーユー、ネクスト）ときたもんだ。

軽い噺で満席の客をどっと沸かせてから「鉄拐（てっかい）」。「鉄拐」は中国八仙人のひとりで、ぼろ服をまとって、もうひとりの自分を空中に吹き出す術を使う。

談志が得意とした噺で十年前、談志の「鉄拐」を聴いたが、病院から車でやってきて、口演後は救急車で運ばれた。命がけの「鉄拐」であった。

まくらで、志らくは「自分のからだの中に談志が入っている」と言った。志らくが鉄拐ならば、志らくの落語から談志が飛び出す仕かけになる。

仙境に住んでいた鉄拐はプロデューサーにスカウトされて都の舞台に出て人気者となるが、やがて、ライバルが出てきて、あきられる。さてどうなるか、という噺だが、志らくは、さまざまな芸人を登場させる。

一例をあげると、美空ひばりが「悲しい酒」のメロディで「どんぐりころころ」を歌う。あっと驚く珍芸に場内は爆笑の渦となり、やんやの拍手喝采となる。父がギタリストで母が長唄のお師匠さんだから音楽的センスが抜群である。出しおしみせず志らく歌謡を連発するサービスぶり。完全に志らくバージョンで、談志が見たら「笑わせりゃいいってもんじゃねえや」とくやしがりつつ、喜ぶだろう。「鉄拐」はシュールで、談志がいうイリュージョン（幻想、幻影、錯覚）落語。しかも中国ネタである。富山県南砺市にある瑞泉寺山門の蟇股には中国八仙人の像が彫られ、そのなかに鉄拐がいる。江戸時代に、鉄拐は広く知られた仙人であった。この手の仙術は漢画の寒山拾得や、「瓢箪から駒」に通じ、一時代前の難しい噺だが、談志はあえてそれを演じた。志らくの「鉄拐」は技ありで気分よく聴けた。

二〇分の休憩があって、黒の紋付羽織に着がえて「らくだ」が始まった。

「らくだ」と渾名された嫌われ者が河豚を食って死んだ。兄貴分の半次が葬いを出そうとして、通りかかった紙屑屋に命じて、家主にかけあって香典を出させようとするが、しみったれた家主は出さない。半次は、紙屑屋に「らくだ」の死体を背負わせて「かんかんのう」を踊らせて、香典と酒三升と、はんぺんにこんにゃくと芋の煮しめを出させる。看看踊（かんかんおどり）は、長崎龍踊（じゃおどり）ともいい、清朝のころ中国から長崎に伝えられた。「カンカンノウ」ではじまる奇妙キテレツな踊りは江戸の見世物小屋で興行されて人気を得た。

死人をかついで踊るブラックユーモアだが、これも談志が好んだ噺である。気の弱い紙屑屋は、家主からせしめた酒を、兄貴分から、無理やり「飲め」と命じられる。一杯飲むと二杯、三杯と飲まされるうちに紙屑屋はすっかり仕上がって兄貴に「酒をつげ」と命じて立場が逆転する。

志らくは下戸で酒が飲めないが、酔っ払いが酒乱に変化していく場面転換がリアルで、見ているだけで酒を飲みたくなる。人格が一気にがらりと変わる瞬間がいい。兄貴に「らくだ」の死体をかつげと命じられ、いやだな、勘弁して下さいよと断りつつ、いきなりかついで「かんかんのう……」と踊り出す軽味が抜群だ。

談志の「らくだ」は兄貴分の悪漢ぶりに怖ろしいほどの凄味があったが、志らくはテンポのいい噺に仕立てた。噺の急勾配をずんずん上っていくラック鉄道みたいなパワーが見どころだ。プログラムに「らくだ」は昨年は二度しか高座にかけてないが

「進化するための準備期間だと捉えている」と書いている。さらに「この噺は死骸であるらくだの目線で描かれているのではないか。らくだが見ている世界を我々は覗いているのではないか。だから残酷な噺なのだが爽快な物語である。そこを意識して語ります。皆様そう思って聴いて下さい」。

なるほど爽快に笑わせるが、談志をつぐのは志らくであるから、狂気を封印しないでほしい。

談志が志らくと命名したのは、フランスの元大統領シラクにちなむというが、「金明竹」ふうにこじつけると「シー・ラック」（See Rack）、即ち「ラックの歯車を見よ」となるな。

清水ミチコは最高！だぜ

北軽井沢に居を移した高平哲郎（たかひらてつお）が、ひまつぶしにプロデュース、じゃなくて、たわむれに地域活性化、でもないな、悠々自適にプロデュースするジャズ演奏会やライブが楽しい。

テレビ「笑っていいとも！」「オレたちひょうきん族」「今夜は最高！」などの構成・演出を手がけてきた高平氏は白髪をたなびかせる七十代の快紳士となり、いまは自分がやりたい仕事しかしなくなり、枯れないところがよろしい。

高平家は東京で六代つづいた名門開業医であったから、昔から軽井沢に別荘があり、テツオちゃんは軽井沢少年として育った。

居を移した、というより軽井沢に戻ったという次第で、秋のプログラムに、清水ミチコのライブがあったから、行きます、なにがなんでも馳せ参じます、と予約して、南伸坊と末井昭を誘ってかけつけた。私は清水ミチコこと、ミッちゃんのファンで、

「私という他人」というDVDをくり返し見ている。

ミッちゃんの人間模写ライブは、日本武道館を満席にするほどの人気で、手に入れにくいプラチナチケットである。南伸坊は、ドナルド・トランプからプーチン、キャロライン・ケネディ、大江健三郎、阿川佐和子、安倍晋三まで八十人の顔面模写の決定版『本人遺産』（文藝春秋刊）を出したが、日本武道館出演までに至っていない。

まずは北軽井沢の高平邸に行き、源泉たれ流し、とテツオちゃんがいう高平温泉につかった。ヒノキの浴槽から無色透明のやわらかい湯がコンコンとあふれ出ている。浴室の外は一面の原生林で、秋の気配が濃い。あ、あ、うう―、あ―、いい湯だあ、と声を出してつかってから湯上がりに缶ビールを飲んだ。

ライブが行われたのは高平邸のすぐ近くにある浅間高原ホテルである。ワンちゃんも一緒に泊まれるプライベートホテルで、値段が安い。二年前に全三十二室をリニューアルしたオーナーの杉浦光平さんはシャイな好人物だ。ホテルをアレンジする広山由希子さんはドイツに三年半、イギリスに五年暮らして、フラワーアレンジメントの公認資格を持っているミステリアスな女性で、二人とも私より若いが「老いていよいよ現役」であります。

ライブは夕方からホテルの一階フロアではじまり、観客は百人ほど。芸能生活三十年、さあ清水ミチコショーの始まりです。

観客にむかって「なにかリクエストありますか」と訊くと、手が上がってユーミンを注文され、ピアノを弾きながら歌い出した。ユーミン以上にユーミン的な歌のあとは、漫画の『サザエさん』に登場する三歳のタラちゃん、三十代の山口もえ、四十代の中森明菜、五十代のアグネス・チャン、八十代の黒柳徹子、九十代の瀬戸内寂聴、百歳のきんさんぎんさんと使いわけて「私という他人」に化ける。人間模写というより著名人の霊が天上から降臨してきて、ミッちゃんに憑依(ひょうい)するのである。

生(ナマ)ミッちゃんの芸は一種宗教的な陶酔境にあり、見ていると全身がぐらぐらしてくる。とくに瀬戸内寂聴さんが憑依して、宗教講話をする芸は、ウルトラ瀬戸内パワーがあり、日本武道館を爆笑の渦に巻きこんだ。御当人が御覧になったら、腹をかかえて笑いころげるだろうが、この日はちょっとしか出なかった。

新ネタとして小池百合子都知事が出ました。旧ネタの田中真紀子とケンカ対話させて「地獄の鮭(しゃけ)も金次第」とかなんとか。

御存知桃井かおり、美輪明宏、研ナオコ、森山良子、キヨシロー、矢野顕子、中島みゆき、どんどん出る。

とどめは井上陽水で、狂気をはらむど迫力。ミッちゃんの芸は、いわゆる物真似芸人のネタとはひと味違って、その人間の性格や考え方を吸収して七変化させる。タモリがデビューしたころの奇想天外の物真似芸の延長にある。

DVD「私という他人」には、めちゃくちゃな物を売る「ドッコイショッピング」(テレビのショップ番組をからかう)三編と、そのショッピングに関した「謝罪記者会見」が三編ある。テレビでたびたび放送される謝罪記者会見をおちゃらかすセンスは、ミッちゃんならではの破格な発想だ。一人二役で演ずる陽水とユーミンのデュエットはDVDならではの超レア企画である。

焼酎のオンザロックを飲みながらのライブはクレージーに盛りあがったのであるが、高平の思いつきで、伸坊、末井、嵐山、高平の四人がライブの前座として十五分ほど話をすることになり、伸坊の古典的顔面模写、小林旭が披露された。

ずっと昔、伸坊が「似顔絵塾」講師をしていたころ、ミッちゃんが生徒として通っていたという。とすると、伸坊の顔面模写に触発されて清水ミチコが誕生したとも考えられる。

ミッちゃんは高校三年生のとき高平青年にファンレターを書いた。そのころ、たまたま日本武道館の公演で高平ニイサンを見かけ、「ファンです。一緒に写真を撮らせて下さい」と申し出ると、高平純情青年は、顔をマッカにして「そういうのはちょっと」と断ってコソコソと逃げたんだって。

　私は十年以上前、ＮＨＫの美術クイズ番組にミッちゃんと一緒に出演して、ミッちゃんが面白いネタをふってくれたのにうまく返せず、収録が終わってから「せっかくふってあげたのに……」と叱られた。ミッちゃんは覚えてないだろうけど。

　ライブ終了後は高平シェフ特製のピザとレタスを肴にして酒を飲んで、浅間高原ホテルに泊まった。翌朝、野菜直売所へ行って、トーモロコシとキャベツとレタスを買った。軽井沢の魔王と化した高平翁が「キャベツ買え。キャベツだ、高原キャベツ」とすすめた。ミッちゃんは自分のクルマで来ているので大量に買って積みこんだ。私は宅急便で自宅に送った。

　伸坊と末井は、言われるまま、ばかでっかいキャベツを買って、ビニール袋に入れて持ち帰った。帰りの新幹線で、手荷物のほかにキャベツ一個をぶらさげて帰る姿は、なんだか敗戦直後の買い出し風景を思わせ、これまた感慨深いものがあった。

女泣かせのアルフィー魂

ジ・アルフィーのライブを見るためにＮＨＫホールへ行った。それ以前は、一九九八年の夏、昭和記念公園のライブへ行って以来、十八年ぶりだった。昭和記念公園のころは、ジ・アルフィーの絶頂期で、熱狂的な七万人の観客があふれていて、度胆をぬかれ、気分がスカッとした。

坂崎幸之助は、坂崎重盛の甥で、子どものころは墨田区の武蔵屋坂崎商店という酒屋で一緒に暮らしていた。坂崎家の新年会は、楽器を持ち寄って「鈴懸(すずかけ)の径(みち)」を歌うのが恒例であった。幸之助はギターで、重盛はフルートで演奏したという。

昭和記念公園のライブから十八年がたち、アルフィーのメンバーは三人とも還暦をこえた。ＮＨＫホールへ入ると、二十代の女性から六十代のおばさままで、ムンムンと熱気がこもっている。私や岡部ケンジ（テレコムスタッフ社長）と一緒に座っている坂崎重盛を見たおばさまたちがヒソヒソと話をしている。幸之助がラジオ放送で「坂崎家の変なおじさん」（重盛）の話をするので、みなさんヨーク御存知なのだ。おばさまたちは、重盛を指さして「ほらほら、いたわよ、幸之助の変なおじさんはあの人よ」「そういや顔が似てるわね」「ファッションが派手よ」「かあいいジーさんってとこかしら」とかなんとかひそひそ話をしている。

二階席の一番前に座っていると始まりましたよ。

ジャンジャーン、ヅヅヅ、ヅヅーン、ラリラリ、デンデカデンデカ、ヒュンヒューン……ギターの大音響にあわせて拍手と嬌声があがり、おばさま全員が立ちあがって、手をあげ、右へ左へ揺れて、台風前夜の大波みたいにざっぶーんと動きだした。一階席も二階席も三階席もおばさまたちの波が渦を巻いている。二階の一番前は、その波の中で一番安全な席なのである。国技館のお相撲ならば天覧席。若い客と一緒になって、十八年前のおばさまたちが熱狂乱舞している。

一曲めのロック「風の翼」で、いきなりいっちゃってます。ステージに出たアルフィーが観客にやらされている感じ。アコギ（アコースティックギター）とエレキの呼吸があうのは二五〇〇回以上のコンサートをしてきたからだ。デビュー以来、四十二年がたっている。四十二年つづいたバンドはアルフィーぐらいのものだろう。

普通の会社員なら、会社に四十年ぐらい勤務して六十歳で定年をむかえる。定年をすぎた三人組が、おばさまたちを席から立ちあがらせて、ブイブイいわせている。GSもヘヴィメタもフォークも、ウェストコーストも、ブリティッシュロックも、ありとあらゆる音楽をこなすアルフィーである。テクニックに女泣かせの磨きがかけられた。六十代のおばさまたちが一瞬にしてハイティーンへ戻り、お尻をふりながら熱狂している。おばさまの記憶がよみがえり、NHKホールを揺らしているのでした。

たてつづけに七曲を演奏したところで、幸之助が、「お座り下さい」と静かに声をかけると、客はようやく席に座った。

長い金髪をなびかせて、翼のついた白いエンジェルギターを弾きこなす高見沢は、細身で青白い顔をしているが、じつは体育会系である。筋肉を鍛え、トレーニングを欠かさない。アリーナクラスの広いステージを全力疾走できる。アルフィーのほとんどの作詞作曲は高見沢俊彦である。十八年前に会ったときは「嵐山さんの本を読んでますよ」と言ってくれました。いいぞ、いいぞ。

ボーカルを得意とする桜井は、インフルエンザにかかり、歌い終わったとき、意識が飛んで病院へ運ばれたことがある。そういったアルフィー魂の事件簿が四十二年間、バンドの芯にある。

三人のトークに沸く会場には、おばさまの共同幻想が生きているのだった。五十代以上のおばさんの「閉ざされた心」を開く魔法はなにか、と考えつつ、耳をつんざくエレキの合奏の渦に巻かれた。

キュイーン、ダダダダ、クインクイン、ドカーン。

スウィングする「Ｍａｎｈａｔｔａｎ　Ｂｌｕｅｓ」、「無情の愛Ｘ」など十五曲で終了したが一回めのアンコールで四曲。おばさんは痙攣し、陶酔し、声援を送ってアルフィーと一体化する。「恋のマラカス・ブラザーズ」が始まる。すべてのおばさまがマラカスを持っている。アルフィー魂は、おばさまの中に封印された、若き日の記憶を覚醒させる。「恋は終った」とあきらめたふりをしているおばさまたちは、じつは、ナマモノで活火山でした。恋のマグマがたまって、マグニチュード七。震源地はＮＨＫホール。

二回めのアンコールは新曲「今日のつづきが未来になる」。「風の翼」と「幻想・ＩＬＬＵＳＩＯＮ」も入ったこのシングル盤はオリコンのランクで五十作連続ベスト10入りとなったんだって。

アルフィーの春フェスは名古屋国際会議場センチュリーホールまで二十九公演がつづく。そのあとは横浜アリーナ、日本武道館と大阪城ホールで数万人規模のライブ。日本列島を音楽の波で揺らす。

日本のおばさまは、夢が破れて、人生これで終わりとあきらめ、言葉にできない悔しさをかみしめ、孤独の迷路の中にいるように見える。強気にふるまうものの、立ちあがる気力が消え、いつのまにか時間だけが過ぎていく。このまま終わるのかと叫んでみて、涙と怒りを心の糧にしているのです。と、これは「風の翼」の歌詞で高見沢俊彦が書いている。自分本位で図々しく、ケチでドスドス歩いていくおばさまは、鏡の中の自分を見て瞼を閉じる。

アルフィーはボーカルのハーモニーが抜群に軽快で、心技体あわせて、「自由な鳥のようにもう一度 Ｆｌｙ Ａｗａｙ」と呼びかける。飛んでいけー、遠くまで。ぎんぎんのロックで、わかりやすく、明晰なメッセージである。

酔ったおやじがカラオケバーで恋の未練を絶唱するのは精神の劣化であるけれど、おばさまの体力はいつまでも「恋する乙女」なのだ。

週刊誌で「死ぬまでセックス」が売れるのは、読者がおやじだからです。おばさまは「まだ見ぬ愛」を追い、二十代にして無情を予感した女子は、アルフィーのライブにサッカーのサポーターのように参加して、一体化するのでした。

ＮＨＫホールのライブが終わったあと、坂崎幸之助の楽屋へ案内されて、缶ビールを飲んだ。義理がたい幸之助は叔父さんの重盛を大切にする。そのうち高見沢俊彦も顔を出してくれて、ハンマーのようにゴツンとした指と握手をした。還暦をすぎたアルフィーは未知の領域に突貫していく。ライブに徹する体力とメンバーの信頼が四十二年という奇蹟を生んだ。このままいけば、アルフィー五十周年、幸之助は七十歳になる。

よーし、八年後のライブも参加するぞと誓って、家へ帰り、「今日のつづきが未来になる」のCDをかけた。おばさまたちの振り付けを思い出しながら、右手をあげて左右に動かし、腰をふりながら踊ると、汗がだらだらと出た。サポーターにも体力がいるなあ、と気づくのでした。

武田百合子『あの頃』

武田百合子さんの単行本未収録エッセイ集『あの頃』（武田花編・中央公論新社）は五三四ページのぶ厚い本だが、発売後一週間でたちまち増刷となった。百合子さんはコドモのように無垢でありつつ、妥協がなく、直感で世界を観察する力がある。感傷や抒情を排して、ズケズケと語る。

百合子さんは昭和二十二、三年ごろ、神田神保町の冨山房裏（ふざんぼう）にあった「らんぼお」（いまの「ミロンガヌオーバ」）という店で女給をしていて、客の武田泰淳と知りあって結婚した。『流人島にて』や『ひかりごけ』、『森と湖のまつり』などの小説をつぎつぎと書いた武田泰淳が脳血栓で倒れてからは、百合子夫人への口述によって『目まいのする散歩』を文芸雑誌「海」に連載した（担当編集者は村松友視）。そこに、ふたりが出会ったころの話が出てくる。百合子さんがカストリ焼酎や目ピリ（両眼がピリピリするアルコール）を飲んで酔っ払ってごみ箱の上にのって罵り（ののし）わめいているのを武田泰淳がひきずりおろすシーン。

「私は、その髪をひっつかんで歩いたような記憶がある。（私が、ひっぱってと口述すると、彼女は、ひっつかんだのだ、といって訂正した。）」

武田の口述を筆記する百合子さんが「そうじゃないわよ」と反論し、その過程がそのまま文章となる。かくして武田は百合子流口述筆記という方法を自在に駆使するに至った。夫が口述し、妻が筆記する前例はドストエフスキーの『賭博者』があるが、ドストエフスキーの妻アンナはもともと速記者であった。武田にあっては、筆記する妻との関係がただならぬ事件（物語）となって展開し、武田の没後、百合子さんがひきついだ『富士日記』が完成して、第十七回田村俊子賞を受賞した。

本書は『目まいのする散歩』野間文芸賞「受賞の言葉」からはじまる。武田が昭和五十一年十月五日に六十四歳で急逝したので、夫にかわって雑誌「群像」に謝辞を書いた。

百合子さんとの結婚が武田を学者から小説家へ転化させるきっかけになった。結婚する前の武田は北海道大学法文学部助教授の職にあり、結婚してから「うまれかわり物語」「女の部屋」「あいびき」などを発表して気鋭の作家として注目された。

この本に出てくる「開高さんと羊子さん」は開高健と羊子夫人（詩人）が、手のこんだ中国料理を供する晩餐会の話で、招待客は平野謙、埴谷雄高夫妻、辻邦生、武田泰淳夫妻など。御馳走のあとはブルーフィルムの三本立てが上映された。豪勢なものでさすが開高健だが、日本史上、伝説に残る恐怖の夫婦喧嘩は開高健夫妻の一戦であったという。片や開高は豊穣にして絢爛たる言葉を機関銃のように連射し、詩人の羊子さんは選びぬいた極細の針の言葉で、相手の弱点を射る。双方の精神が言葉の呪術で血みどろになる惨劇、と伝えられる。

表題の「あの頃」は、武田が没して七七日をすませたあと竹内好も亡くなり、埴谷の水分を湛えた両眼に、みるみる光が宿る。親しかった友人の話は、梅崎春生、阿佐田哲也、原民喜、深沢七郎、大岡昇平、吉行淳之介、正宗白鳥など。雑誌「海」の担当編集者・村松友視の「直木賞に寄せて」は簡潔であたたかい。

香典ドロの「卒塔婆小町」は七十歳くらいの小さなお婆さんである。知人の葬儀へその婆さんがやってきて遺族の若い女に親しげに語りかける。受付で記帳も済ませ、架空の住所を書いたが、正体がばれても最後まで諦めず、出棺を見送り、好奇の眼配せがちらちらするなか、ついに仕事が出来ずに、悠然と立ち去っていく。百合子さんは「プロだなあ」と感心する。

アメリカ人から電話がかかってきて、娘の花さんがあまりうまくない英語で対応した。相手がタイジュンさんに会いたいと言っているので、花さんが「私の父は死にました」と言うと、悲鳴があがって電話がきれた。おそらく「死にました」という英語を、うっかり「殺しました」と言ってしまったのではないか、と推論される。

テレビ番組の話。日々雑記。蔵前夏場所見物。動物園の午後。還暦旅行。どれもこれも遠慮がなく胸を蹴りあげてくる。

最終章「櫻の記」に島尾敏雄、ミホ夫妻が訪ねてきた話が出てくる。

ミホさんが、びっくりするほど沢山の甘栗をお土産に持ってきて、ほかほかとまだ熱いくらいだった。ビールの栓を抜き、幕の内弁当をとり、窓越しに櫻を見た。ミホさんが可愛がっている長男の話をしたとき、夫が「子供は離れていくものですよ。風みたいなものですよ」と笑いながら言うとミホさんは白い顔を一段と白くひきしめ、膝にきちんと手を重ねて、「ハイ、覚悟はしております」と、小学生のように肯いた。

つぎの日の午前中に夫と千鳥ケ淵へ櫻を見に行った。そのつぎの日も見に行った。花笠のように掩いかぶさって咲いている下のベンチを選んで座り、夫は「私の頸に片腕を捲き、顔を力なくこすりつけてきた。そうしてふざけたように言った。」

……うふふ。死ぬ練習。……すぐになおる。

そして、

「明日もう一度来よう」

と言った。

秋になり、半月ばかり床に就いたのち、夫は死んだ。

この一節を読んだ私は、ひとりで千鳥ケ淵に吹き散る夜櫻を見に行った。

はじめて、港区赤坂氷川町の赤坂コーポラスの武田泰淳宅へ行ったのは、昭和四十二年（武田氏五十五歳）で、若造の私は二十五歳だった。北海道の取材で、武田氏は旅のあいだ「うちのかみさんは自動車運転の達人で、トラック運転手とも喧嘩するんだぞ」と自慢し、さきに帰るとき飲みかけのサントリー・オールドのボトルをくれた。まだ五分の一残っていた。雪の原野をひとりで北上し、羅臼のひかりごけの岩場を見に行った。

帰京して原稿をいただきに行くと、百合子さんがシチューをごちそうしてくれた。帰るとき、土産に、中国産の魚の缶詰を三つくれて「これは値は安いがじつにうまいんだ」と得意そうに言った。その後も、何回か仕事をしたのは深沢七郎氏と懇意にしていることも関係していた。

私の仕事場は赤坂八丁目にあり、赤坂コーポラスは目と鼻のさきで、いつも見上げながら地下鉄の駅まで歩いた。

あとがきに、武田花さん（写真家）が「母が亡くなって二十四年経ちました」と書いている。編集担当者の田辺美奈さんから、「しばらく誰とも話をしたくなくなるようないいエッセイでした」とメールがきたという。そのエッセイははたしてどの章なのだろうか、と考えている。

花さんは小学生のころ、百合子さんと赤坂四丁目の寿司屋へ行った。はじめての店で「いくらとられるのか不安」だったが、カウンターだけの小さな店だったので、並二人前を注文して食べるとけっこう高い料金だった。百合子さんが赤坂コーポラスの家までお金をとりに行き、そのあいだ花さんは「人質」として店に置いていかれた、という。待っているあいだ、することがない、箸をのせるティッシュペーパーを折っていた、という。

村松真貴子さんの朗読会

多摩カレッジの第二十回作品発表会に出かけた。「たましん」（多摩信用金庫）が経営するカルチャーセンターで、水彩画から、水墨画、書道、彫刻、油絵、人形づくり、俳句、短歌、ヨガ、詩、現代文学、合唱、現代哲学、写真、朗読までいろいろの講座や教室があり、私は名誉学長をしていた。

各部門の優秀作品の講評をしたのだが、第二部の朗読会は、二〇〇八年刊の『おはよう！ヨシ子さん』だというから、拝聴することにした。

朗読教室の講師は元NHKキャスターでおなじみの村松真貴子さん（エッセイスト）である。出演は五人の女性と二人の男性の計七人。スクリーンに本の表紙がスライドで映し出され、順番に朗読された。この本が出版されたとき、ヨシ子さんは九十一歳で、私は六十六歳だった。

――勝手口から台所に入ると、食卓の横にあるブリキの缶にヨシ子さんの飲み薬が入っていて、薬の紙に、赤い油性ペンで、コレコレコレと書いてあり、コレはコレステロールの略である。血血血血血と書きこんであるのは血圧を下げる薬で、血圧が高いヨシ子さんは二十年以上この薬を飲みつづけている。イイイイと書きつけられている薬は胃の粘膜を保護する錠剤で、精神を安定させる…。

と始まる「コレコレコレ」の話。ヨシ子さんの兄は町医者であったから、半年ごとにありとあらゆる薬がダンボール箱にぎっしりと送られてきて、下痢をしようが、風邪をひいて熱を出そうが、たいていの病気はこれで治った。わが家は貧乏であったが薬だけはたっぷりとあり、一家そろって薬をガリガリとかじって生きのびてきたのだった。で、ヨシ子さんの句。

血圧の上がり下がりや日脚(ひあし)伸ぶ

第二話は「循環バス」で、ヨシ子さんは友だち四人と連れだって家の近くを走る小型バスに乗る。百円の小型バスは、大型バスが走らない田園の細い道を走るから、景色をたっぷりと楽しめる。

終点(府中)に着くとデパートの食堂へ入って同行の友人たちと昼食をとる。有名料理店の出店があって、あれやこれやと品定めして千五百円ぐらいのにする。そのあと、五〇パーセントオフの春セーターを買う。ひとりが買うと、それにつられて、み

んなが買うことになる。そのとき、ヨシ子さんは、

菜の花や循環バスの乗りごこち

という句を得た。

友人のひとりのナガトウさん（夫は毎日新聞の釣り記者）がコトンと死んでしまった。それ以来ヨシ子さんは循環バスに乗らなくなった。しばらくして、ヨシ子さんがナガトウさんの家の前を通ると、ナガトウさんのお嬢さんに会った。ナガトウさんのお嬢さんは、ヨシ子さんが着ているセーターを見て、

「あら、母と同じセーター」

とびっくりして立ち止まった。ヨシ子さんと一緒に買ったセーターを、ナガトウさんはまだ着ずに、タンスのひきだしにしまっていた。

このシーンの朗読で、恥ずかしながら、落涙しそうになった。八年前のナガトウさんの様子が胸に浮かんだからであった。自分が書いた文章を聞いて泣くなんてぶざまなことはできない。だが、すべて本当の話なのである。朗読する人が、とつとつと純朴に読むので、いっそう胸につまった。

私の小説『夕焼け少年』（集英社文庫）は、刊行された一年後にＮＨＫラジオで全編が何回かにわけて朗読された。読んだのは友人の俳優、不破万作（ふわまんさく）さんであった。『追

悼の達人』（中公文庫）は、ＥＴＶで三カ月にわたり放映され、これも友人の小林薫さんが読んだ。小林さんが白シャツ姿で朗読するシーンはＮＨＫのスタジオで撮影された。

俳優の朗読は、魂をキックしてくる。プロではなく、普通のおばさまが読むと言葉に新しい命がふきこまれ、きらめき、ころがり、空中を舞って、書いた指さきから、電流が走り、自分の胸に飛びこんで、とんとーんと心臓を叩く。

金沢に朗読小屋という劇場があり、主として泉鏡花の小説が朗読されている。五木寛之氏や村松友視氏の小説が朗読され、私の『文人悪食』（新潮文庫）も朗読されたが、あいにくと聞きのがしてしまった。

この日はもう一話「未来のありやなし」という章を朗読した。玄関の前に咲く桜を見たヨシ子さんが、

花吹雪われに未来のありやなし

と詠んだんですね。

ヨシ子さんがいまさら未来なんていうから、その図々しさにあきれたのだが、すでに百歳になり、ゆーらゆらに揺れながら生きている。

わが家は築七十年の木造家屋で、父の友人の建築家タジマさんが設計した。建てた

ときは時代の流行である「文化住宅」としていくつかの建築雑誌に紹介されたけれども、いまはオンボロトタン長屋である。玄関をやたらと大きく作るのが当時の流行らしく、タタキに鉄平石を敷きつめ、杉材の一枚戸の玄関ドアを開けると、山羊が鳴くようにメエメエギギギイと音がする。

内側から五カ所に鍵がかけられた「開かずの戸」であるが、ヨシ子さんは床から下へすべり落ちることがたびたびであった。

尻をついてすべり落ち、三時間ほど、鉄平石の上でひっくり返っていた。運よく頭をうたずにすべり込みセーフ。

ヨシ子さんの介護のため、神楽坂の仕事場（嵐山オフィス）に行くことが少なくなった。いつもは私が二階にいるが、その日の私はあいにくと旅行中であった。

ヨシ子さんはローバの根性で這いあがり、さらに三十分かけて寝室まで這っていった。

介護用品会社に相談して玄関の降り口に柵をつけた。天井から床下まで工事現場のようなパイプがたてよこにつけられた。すべり落ちないようにさらに新しいパイプを横に張り、床の段差があるところに、すべり止めの布を張った。

二階へ上がる階段のふちをカンナで削り、なにがなんだかわからぬまま、パイプをめぐらした砦といった様相を呈してきた。

このドアが月に二回だけ開くのは往診の医師がくるときである。

週二回、日帰りのデイケアに出かけ、そのときは勝手口の通用門から出かける。タクシーなら十五分ほどで着く場所だが、帰りの送迎バスが遠まわりして一時間半かかり、それがからだにこたえるとこぼしている。

ブリリアントに生きる

　尾崎士郎といえば『人生劇場』である。大正初期から日中戦争に至る日本社会を背景にした恋と活劇の教養小説である。上京した青成瓢吉（あおなりひょうきち）が早稲田大学に入学して、学園騒動に巻きこまれ、強い意志をもって生きていく潔さが読者を熱狂させました。「青春篇」がベストセラーになり、「愛慾篇」「残俠篇」「風雲篇」「離愁篇」「夢現篇」「望郷篇」「蕩子（とうし）篇」と、二十六年にわたって書きつづけられたのは、魅力あふれる登場人物がくりひろげる一途な生き方が支持されたためであった。私は三十七歳のとき編集していた月刊『太陽』で横尾忠則絵・撮影篠山紀信で『人生劇場』特集を作りました。

　小説『人生劇場』は川端康成が新聞文芸欄で絶賛し、昭和十一年に内田吐夢（とむ）監督によって映画化されて以来、じつに十四本の映画が作られた。村田英雄が歌う「人生劇場」（作詞＝佐藤惣之助　作曲＝古賀政男）のヒットにより、日本人の「義理と人情」が鼓舞されたのであった。

近代日本の「義理と人情」の第一期は広沢虎造の浪曲「清水次郎長伝」で、次郎長親分は、

〽義理にゃ強いが、人情にゃ弱い……

人で、人情を重んじた。義理を捨てても、人情を大切にした。人間の情をうたいあげた非合理の美学である。

第二期は村田英雄が歌う「人生劇場」で、

〽……義理と人情のこの世界

となり、人情だけではこの世を生きていけない、という現実を重視した。『人生劇場』では義理と人情は同格の価値として重んじられ、これは尾崎士郎の生涯そのものでもあった。

第三期は東映やくざ映画「昭和残侠伝　唐獅子牡丹」の主題歌で、高倉健が渋い声で歌った。

〽……、義理が重たい男の世界

「唐獅子牡丹」は若いころの私の持ち歌で、チャーンチャンチャンチャンチャカチャン、チャンチャンチャーン、という前奏まで骨身にしみついている。男の世界は、なにはさ

ておき義理であるという確信は、不埒な学生生活と決別して、会社組織で生きる覚悟につながった。

快男児の尾﨑士郎は昭和三十九年に六十六歳で他界し、いまの若い人はその名を忘れかけているが、岩波文庫から『尾﨑士郎短篇集』が刊行された。がつーんと読みごたえがある短篇集で士郎のもうひとつの顔が示される。

昭和二十七年（五十四歳）、『人生劇場』全六巻が刊行されたとき、尾﨑士郎は「大逆事件」の真相を克明に調査して書いた。検察の捏造によってでっちあげられた戦前日本最悪の事件である。幸徳秋水、管野須賀子ら十二名を冤罪（えんざい）で死刑に処した検事総長、検事正、裁判長の実名が登場する。

短篇集の解説を書いている尾﨑俵士氏は士郎五十歳のときの子で、私とは三十年来の友人である。士郎が逝去したとき、俵士さんは中学生であった。自宅の十帖間に横たわった士郎は、集まった人たちに「有難う、有難う」をくり返し、俵士さんの手を力弱くなった手で握りしめて、のどからつまるような小さな声でつぶやいた。

「お母さんを大切にな、偉くならなくてもよいから立派に生きろよ」

ほんの一呼吸遅れて部屋に入ってきた水野成夫（しげお）（のちフジ・サンケイグループの総帥）が、「士郎さん大往生だぞ！」と天も割れんばかりの大音声で叫んだ。

俵士さんは「母を大切にすること、それは不充分ではあったが八年前、九十八歳で母を冥土に見送った際、何とか父にいわれた通りに果たせたのではないかと思っている」と書いている。母上の清子さんには私もお目にかかっている。楚楚とした麗人だった。

尾崎士郎は、清子夫人と出会う前は宇野千代と暮らしていた。この短篇集には昭和二年に伊豆湯ケ島にいる川端康成を訪ねたときの小説「鶺鴒の巣」「河鹿」が収録されている。士郎は奔放・熱情な千代との生活に疲れて、別居しようとしていた。康成の手伝いをしていた梶井基次郎が千代に惚れて、谷川に飛びこむという事件がおきた。

その後、士郎と別れた千代は小説『罌粟はなぜ紅い』を執筆中に、ガスで情死する場面をどう設定したらよいか悩んでいた。フランス帰りの人気画家東郷青児がガスを出しっぱなしにして愛人と喉を切ったが死にきれなかった、という記事を読んだ千代は、東郷の家へ出かけた。「さし迫った場面をどう描いたらいいか」と聞き出し、首に繃帯を巻いた東郷と、血のこびりついた蒲団で寝て、そのまま家に居ついてしまった。

宇野千代も天晴れな女で、六十歳のとき小説『おはん』を書き、野間文芸賞を受賞した。

話はそれたが、俵士さんは「立派に生きる」ことは荷が重すぎた、と述懐している。せめて「出世しろよ」とか「金持ちになれよ」といってくれたら、そのほうがどれだけ楽だったことだろうか、と独白する。

この一文を読んで、父尾﨑士郎の人生作法に殉じてきた息子の苦難を思った。「偉くならなくてもよいから立派に生きろよ」という遺言は、一般的に考えれば、慈愛に満ちている。「立派」とは美しいこと、みごとなことで、「立派に生きる」とは「ちゃんとしたおとな」「ずるいことはしない」「きちんと生きろよ」というほどの意味だろう。

ところが、士郎は、この短篇集に収録されている小説「落日」で「立派（ブリリアント）」とルビをふって使っている。

昭和十六年、士郎は陸軍宣伝班員としてフィリピンに渡った。

そのとき、士郎は兵団長のN少将に呼びつけられて自慢話を聞かされて何度も欠伸を噛み殺した。

N少将は、ソファーによりかかり、絶対に他人にもらしちゃ困るよ、と低い声でいいながら、「軍の作戦内容がいかに無計画で出鱈目なものであるか」と語って、軍政部長S中将を批判してみせた。

敗戦後、軍事裁判で死刑を求刑されたN少将を担当する検事が士郎に証言を求めるが、士郎は「立派（ブリリアント）」な将軍として、刑場の露と消えることを望んだ。俵士さんは、父より、ブリリアントという言葉を幾度となく耳にしていたという。ブリリアントとは「どのような境遇に身をおいても心をくずさずに生きていく心境」だ。

俵士さんは父士郎の享年を越えて六十八歳になった。大丈夫、俵士さんは、この名解説だけでもきちんと「立派（ブリリアント）に生きてきた」。

第四章　下駄をつっかけて夜の酒場へ

葬式用の遺影があるか

葬式のときに使う遺影をどうするか。高齢になると葬儀は身うちでひっそりと行うが、遺影は本人が気にいった写真が求められる。仏壇に飾る遺影、あるいは棚の上に飾っておく小さな遺影も、故人の面影が残る写真がいい。

七十九歳で亡くなった女優の白川由美さんの葬儀では、二十代前半のころのスチール写真が飾られて話題になった。夫（二谷英明氏）との「フルムーンパス」キャンペーン以来、白川さんの姿におめにかかっていないので、二十代の遺影でも違和感はない。白川さんは、優雅なお嬢様を思わせる美人だった。しかし、これは女優だから許されるのであって、還暦を過ぎた御婦人がやるとヒンシュクを買う。

白川さんの真似をして、高校生時代の写真を使ったりすると、葬儀の参列者がのけぞって、ひっくりかえっちゃう。遺影の前で、あんた、ちょっと、なに考えてんの、と問いつめられた長男が「母の遺言ですから」と言い訳するのも変なもんだしね。

遺影として使っていい許容範囲は十年から十五年前ぐらいでしょう。七十歳をすぎたら一律二〇パーセントオフのサービスとする、と。

単行本や文庫本に掲載されている写真がいつまでたっても変わらない人がいる。筆者近影の消費期限は八年で、それ以上たつと顔面虚偽となる。私は五回更新して、そのたびに骨董化する自分を確認する。

七十六歳になるデザイナーのA君は、四十歳のときに撮影した写真を気にいって、筆者近影として使っている。葬儀の遺影にもこの写真を使うんだろう。

八十歳で没した蜷川幸雄氏の遺影はりりしく若かった。亡くなる直前まで、死にもの狂いで演出にたちあう鬼気迫る蜷川氏の姿をテレビ番組で見ていたが、遺影は全身演出家のオーラが輝いていた。

カメラが普及しない時代は写真館で肖像写真を撮影した。いまはケータイでやたらと写真をとるものの、「これで決まり」という一枚がない。私は座談会やインタビューなどでずいぶん多くの写真家に撮影されたが、写真家の著作権があるので、どれも使えない。

昔から親しくしていたT・Yという著名な写真家がいる。NHKの番組で、三十代のころの写真を求められ、T・Y氏が紙焼きしてくれた写真を使おうとした。それは私が一番気にいっている写真であった。写真の下に「撮影Т・Ｙ」と、ほんの二、三秒だが、名前を入れる。ディレクターがＴ・Ｙ氏の事務所に許可の電話を入れると、けんもほろろに断られた。情けない話だった。

そろそろ葬儀用の写真をとっておきたいが、だれに頼んだらいいのだろう。で、中原中也（通称チューヤ）の写真を思い出した。一九八〇年の記憶だが、成城にある、大岡昇平氏の白壁の自宅へ伺うと「中原中也の肖像写真変遷を写真図版入りで検証しよう」と言われた。

中也の肖像写真は黒いお釜帽（ソフト）をかぶり、漆黒の髪、その下に魅惑的な双眸がはっきりと見開いている一枚が知られる。この一枚は中也像として最もポピュラーな写真である。中也が十八歳のとき、銀座の有賀写真館で撮影したものだ。

大岡氏は小林秀雄を通じて中原中也を知り、同人誌「白痴群」に加わった。のち『中原中也全集』（全五巻）編集にも携わった。大岡氏は中也からこの写真を見せられたとき「何だ、こりゃあ」と声をあげた。実物の中也とはあんまり違いすぎたからだ。

有賀写真館は「お嬢様の見合写真」をとるのがうまくて、そのころは、ドイツのツァイスの世界一精度のいいレンズを使っていた。紙焼きの修正がうまく、実物以上にきれいに撮影することで知られていた。

その写真が、中也の没（三十歳）後、詩集の表紙になるうち、複写、修正された。とくに瞳が拡大されて、本人とはまったく別の顔となってしまった。

「中原はこういう顔だよ」

といって大岡氏が見せてくれたのは二枚の写真だった。一枚は二十九歳のときの写真で、白ワイシャツにネクタイをしめて背広を着ている。ＮＨＫ入社の面接用の写真で、実直なサラリーマンの風貌だ。もう一枚は、その前年、市ケ谷谷町の家で長男文也をあやす着物姿の中也で、いいお父さんぶりである。溺愛した文也が生後三年で死ぬと、中也は精神錯乱に見舞われた。

二枚の写真は、よく知られている中也の肖像とはまったくかけはなれている。

大岡氏は、『在りし日の歌』の口絵写真や『中原中也全集』の口絵写真を見せて、中也の肖像が複写と修正により美しく「捏造」されていく過程を示した。

大岡昇平企画の「中也肖像変遷史」を雑誌『太陽』に掲載すると、大きな反響があった。中也の詩、

「汚れつちまつた悲しみに／今日も小雪の降りかかる」

は高校生のころから暗記した一節だが、この詩には「捏造された」肖像写真が重なる。大岡氏は、不採用になったＮＨＫ面接の手札写真のほうが、つきあっていたころ

の中也の印象に近くて好きだ、と言われた。

でありながらも、修正されつづけたフィクションとしての中也の肖像写真が、読者から尊敬と愛着をこめて、くり返し眺められるだろうと大岡氏は書いた。

三十五年前、勤めていた会社をやめたとき、私は銀座の有賀写真館で、金ぶち眼鏡をかけて、左手の指に金の指輪（モチロン、にせ物）をつけた金満家風の写真を撮影した。その捏造写真は、雑誌「ブルータス」に掲載され、「昼は銀座ガード下で飲んだくれる性格破綻者、夜は金色夜叉」という設定であった。ガード下でゴザの上に座りこんだ写真は柳沢信さん（故人）が撮影してくれた。

現実の私は、新宿西口の浮浪者群に入り込んで、その実態をさぐっていた。新宿の浮浪者なのに、見栄をはって銀座ガード下へ侵入したのだった。

雑誌「ブルータス」の掲載誌は紛失してしまったが、有賀写真館の金満家風情の写真を、とりあえず遺影として使おうか、と、思案している。

秦剛平訳『イザヤ書』とは何か

友人関係を保つには、かなりエネルギーがいる。高校時代の熱血的友情、二十代でギロン格闘してやみくもに突っ走った仕事仲間、会社勤めをやめてフリーになったときから始まった義理人情いろはにほへと編の血盟同志は強固だ。

五十歳になったときは、「これ以上新しい友だちはいらない」と考え、同じようなことを椎名誠氏も発言していた。五十歳をすぎると、暴論が通じあう相手としかつきあわなくなる。そのうち、毎日のように顔をつきあわせていた友と少しずつ疎遠になり、数年たったなにかの機会に出くわすと、お互いに顔を見あわせて、呆然と立ちつくす。一瞬、言語障害にあったように黙し、三分もたてば記憶のスイッチが入って、会わなかった時間がゆるゆると溶けていく。

三十代のころの友人は、起業して二百人のスタッフをかかえる者、作詞家の大金持ち、売れない小説家や文芸評論家になった者もいて、ひと言話せば、他の人には通じない濃密な関係に戻る。七十歳をこしてからは、ほとんどの友が仕事現場からはなれて、悠悠閑閑の日々である。

働いているのは会社の経営者か、私のような貧乏物書きぐらいのもので、定年というものがない。ひさしぶりに会うと、双方、不良品であることを自覚しているから、言葉の内戸につっかえ棒をはさみつつも、遠慮なくぶしつけに話す。

宗教学者の秦剛平（ゴウヘイ）は高校の同級生だが会うのは三年に一回ぐらいだ。オックスフォード大学客員教授、ケンブリッジ大学終身会員、イエール大学客員研究員で、七カ国語を話す英才だが、高校時代は私と同じくボンクラのアンポンタンで、テケレッツのパーであった。ゴウヘイの著作では『美術で読み解く　聖母マリアとキリスト教伝説』（ちくま学芸文庫）が面白い。

百冊以上ある訳本のなかでは、『七十人訳ギリシア語聖書』全五巻（河出書房新社）の評価が高い。

何年か前の夏休み、オックスフォードへゴウヘイを訪ね、和子夫人と一緒にコッツウォルズ地方の田舎道を自転車で走った。その和子夫人は三年前に他界し、ゴウヘイはケンブリッジ大学へ移った。

今年の夏は帰国したゴウヘイと吉祥寺の安酒場で会って、赤ワインを飲んだ。和子夫人が他界してから、ゴウヘイは「雲ばかり見てすごしているんだよ」と言った。イギリスは高い山がなく、風景を見あげると、そこに雲がある。亡くなった和子夫人のことを思い出しているんだろうか。

ゴウヘイに会うと、ひとまずは近況報告（自慢）をするのが慣例になっている。ゴウヘイの自慢は、『七十人訳ギリシア語聖書　イザヤ書』（青土社）で、現存する最古の聖書原典（ギリシア語）からの忠実な翻訳である。聖書研究のための画期的な訳であるという。

ゴウヘイが「歴史的刊行」と自慢するから、はいはいとうなずいて「あとがき」を読んでみた。ゴウヘイは、「イエスの母マリアが、息子イエスを生んでも、まだ処女であった」という神学をナンセンスだと批判している。宗教の起源には「奇蹟」がつきものなのだから、そんなことをいってもはじまらないと思うが、ゴウヘイはそう書くのである。

――「マリア教」であるカトリックは「マリア＝永遠の処女」とする教理(ドグマ)に固執するが、ギリシア語イザヤ書を読めば、さまざまな「ムリ」を抱えこんでいることがわかる。キリスト教は、合理的な思考を排除する「ムリだらけの宗教」で、それを知るのが学問であり、「少しばかり大きな声で臆することなく読者に伝えるのが、学問をするものの勇気であり矜持であろう」と。そしてこう書き加える。

——わが心のうちに宿るわが神よ、無神論者のわたしにも臆することなく「ノー」を「ノー」と言える勇気を、わが命の尽きる日まで与えたまえ。

「こんなことを書いたら、アンタ宗教裁判で火あぶりの刑にあいますよ」

と、警告すると、

「だって、そうだろ」

とゴウヘイはヒゲモジャの顎をさすった。ゴウヘイが「神の啓示」を受けたのはたしか二十一歳のころであった。進むべき道を悩んでいたところ、アメリカ人の宗教学者から話を聞いて、稲妻のごとき啓示を受けた。

「天啓があった」とゴウヘイが言うので「おまえ、どうかしちゃったんじゃないの」と友人一同は心配した。そうこうするうち、国際基督教大学に入学し、内村鑑三の著作を読みふけった。内村は明治大正のキリスト教伝道者で、札幌農学校時代にキリスト教に入信した。農商務省にも勤務。第一高等中学校教師のとき、教育勅語に付せられた天皇の署名に礼拝低頭することができず、敬礼ですませたので「不敬だ」「国賊だ」と非難されて職を失った。以後、生涯官職につかず、無教会派として布教、著作をした。ゴウヘイは内村鑑三著『余は如何にして基督信徒となりし乎』を私に渡して、

「これを読め」と、なかば強制するように言った。

カンゾウはリバー（肝臓）だから、ゴウヘイのことを「リバー」と呼んだ時期もあった。ゴウヘイはフルブライト留学生としてドロプシー大学で学び、オックスフォード大学、ケンブリッジ大学のあとはイエール大学客員研究員となり、イエール大学神学部図書館で、このあとがきを書いた。

あれほど内村鑑三に心酔しながら、七十四歳の著作では「私は無神論者だ」と言い切る図太さは、じつは生来のものだ。と、ここまで書いたところで、「なぜ、無神論者を強調するのか」を聞こうとして電話をかけたが通じない。

東工大学を退官した石田宏一元教授（物理学）に電話をかけると、「ゴウヘイは、いまケンブリッジだよ。メールを打って、年末に帰国する日を確かめておく」とのことであった。石田元教授は、交通事故にあって一週間意識不明となり、ようやく回復したときに、「世界的頭脳（自分のこと）が生還してよかった」と述懐して担当医師をあきれさせた。

なつかしき旧友は過激に進化していくのでした。

夜の自転車

自転車通勤をする人が多くなった。

カラダを鍛えられるし、通勤ラッシュにもあわず、通勤費がかからない。腹筋がしまり脚力がついて、いつまでも若さを保つことができる。

三十代のころ、東京郊外の滝山団地に住んでいて、通勤に一時間三十分かかった。で、赤坂四丁目のワンルームマンションを借りて自転車通勤した。団地には月に一回帰り、あとはひとり暮らしという日々を過ごした。

景品で貰った小型の自転車に乗って、赤坂見附に出て、弁慶堀の水辺をながめる。赤坂プリンスホテルを右に見て紀尾井町通りを登り、ホテルニューオータニで右折する。急坂の清水谷通りの右に文藝春秋のビルがある。麴町四丁目から市ケ谷駅方面へ向かう日本テレビ通りは下り坂で、スイスイ下って右へ曲がった四番町に会社があった。マンションを出てから十五分で会社に着いた。

その日の気分で迎賓館（旧赤坂離宮）沿いに走ってみた。鉄柵で囲まれた迎賓館は元国会図書館で、学生のころはしょっちゅう通っていた。国会図書館に勤めていた友人が、エロ本のコーナーへ案内してくれて、興奮至極に達したことがある。食堂は安くて、昼定食がやたらとうまかった。二番町近辺にはベルギー大使館や裏千家東京本部があり、よく通った。六番町には内田百閒小宅跡、泉鏡花旧宅跡があった。

赤坂から麴町、千鳥ケ淵一帯は自転車でくまなく廻っているので、いまなお町の細部が頭に入っている。

仕事は雑誌編集だったので、夜遅くまでかかる。校了のころは一日の睡眠四時間なんてことがざらで、それをなんとかやりとげたのは、自転車で十五分のところに隠れ家があったからだ。

休みの日も団地に帰らず、麴町界隈を自転車で廻った。一番町から六番町一帯は江戸時代の屋敷町で、細い通りひとつひとつに時間が刻まれている。新ビルが建つので旧屋敷が解体されるときは、『陶磁大系』編集部の専門家と一緒に白いヘルメットをかぶって見学にいった。

ブルドーザーが掘りおこした土の中から古碗名皿が掘りおこされる。なにしろこの一帯は番町皿屋敷ですからね。泥にまみれた皿のほうが、ブルドーザー一台よりずっと値が高いのである。のんびりしたお宝発掘団でした。

その後赤坂八丁目のマンションに移ったときも、自転車で青山や六本木を廻った。自転車で町を走ると、街の細部が肌になじんできて、時代の風をじかに受けた。東京郊外の団地には田園ののどかさはあるが、赤坂や六本木のピリピリした触感とは明らかに別物だった。盛り場に棲む魔物と共生する日々だった。

ただし自転車事故が多く、自動車をよけて道路のはじを遠慮がちに走った。路肩に軽トラックが止めてあり、よけて道路の中央に出ると後方からきたタクシーにけたたましくクラクションを鳴らされた。

歩道は走れないので、降りて押していくしかない。信号を待ってしずしずと横断し、路肩のはしっこをミズスマシのように進む。バイクは爆音をあげるが、自転車はチリーンと風鈴の音みたいな音しか出ない。

同じ自転車でも、前席に子を乗せたお母さまは、さながらジャンヌ・ダルクの気迫で、神託を受けて「ぶつかったら天罰があたるわよ」と必殺突撃隊といった様相。子という御輿(みこし)を先頭に据えているので、ひたすらお通りいただく。お婆さんが前籠にキャベツやレタス、サンマの干物、夏ミカン、ネギ、冷凍うどん等を満載してユーラフーラとくるのも要注意で、身をすくめて通り過ぎるのを待つ。

先週、四谷の居酒屋で劇団唐組の役者たち六人と芝居のうちあげの宴会をした。男四人女二人の幹部だからいずれも五十代で、私ひとりが芋焼酎をベロンと飲んだ。劇団員はあまり酒を飲まずにウーロンハイで乾杯をすませるところがコツらしく、全員が自転車で帰っていった。

自転車は曲芸のような乗り物で、ペダルを踏まなければ倒れてしまう。乗っているうちに倒れそうになり、重心を移して進むのだが、一度倒れると思いこむと、それだけで倒れてしまう。念力が求められる曲芸といってよい。

とくにS字カーブの急坂は命懸けです。

サミットが開催された前日の夜、神楽坂のSという地下バーで深夜一時まで飲んでいた。バーのS子さんは、白髪まじりの麗人で、真紅のTシャツを着て、ジーパンをはいている。

S子さんは自転車通勤で、神楽坂通りのけやきの樹の下にライトブルーのママチャリが置いてある。事件は深夜二時ごろにおこった。店を閉めたS子さんは、神楽坂上の交差点まで、通勤用ママチャリを手で押しながら登った。神楽坂は急勾配である。

雨が降ってきたが、レインコートがないので濡れたままだった。

この時刻になると大久保通りも人影が少ない。雨に濡れながらライトをつけると簞笥町がぼうっとかすんで、墨絵のように見えた。

そのとき、S子さんは後方に自転車の気配を感じたが、かまわずギーコギーコとペダルを踏んで、つぎの角を左へ入った。細い通りを進むとその自転車も後方からついてきたので、自転車を止めて、手でさきへいくよう指示した。

すると後方の自転車も止まって、S子さんの様子を見ている。

これは怖いですよ。

S子さんは一瞬とまどったが、学生のころは陸上の選手だったので、いざとなったら逃げる道筋を考えた。神楽坂上の交差点に交番があるから、そちらへ走ればいい。

自転車を押しながら男が近づいてきた。よく見ると自転車の後ろに白い金属の箱がついている。それで警察官だとわかった。見なれない警察官が「大丈夫ですか」と訊いてきた。

サミットの前後は、全国から多くの警察官が東京へやってきた。

おそらく、そのうちのひとりだったと思われる。地方の町では見なれぬ初老の麗人が、マッカなTシャツを着て、自転車に乗ってびしょぬれで走るのを見た警察官が心配して、ついてきた。S子さんは「ゴクローさま」と挨拶して、マンションの一室へ入ったんだって。

なぜ投票に鉛筆を使うか

選挙の投票に鉛筆を使うのはなぜだろうか。それに関して「投票用紙に書かれた候補者名を、立会人が消しゴムで消した」という都市伝説がある。開票の立会人がグルになって、当選させたくない候補者名を消す、という話が、まことしやかに語りつがれている。

開票には多くの立会人がいるから、そういった不正をする余地はないはずだが、人間がすることだから百パーセントないという保証はない。鉛筆を使うというシステムが、そういった疑惑を生むのである。

私は鉛筆愛好家で、原稿は鉛筆で手書きする。それをＦＡＸで送信という前時代的なことをしている。事務所に置いてあったインターネット機器は、十二年前にコードを引き抜いてしまった。手書きすることで脳神経が刺激されて、意識が活性化する。指を使って文字を書く行為が生活の呼吸となった。

指が語るのです。

昔の作家は鉛筆書きの人が多かった。瀧井孝作氏の原稿は、5Bの鉛筆で黒々と書かれ、原稿用紙の枡目に銃弾を撃ちこんだようだった。精神の弾丸。私は4Bの鉛筆を使うが、一枚書くたびに芯が太くなって削りなおすことになる。で、芯が太くなってから、どこまで太い芯で書けるか試したくなる。

私は4Bの鉛筆6ダースと、トンボのMONOの大型消しゴムをまとめ買いしている。鉛筆で原稿を書くのは編集者時代からの習慣で、消しゴムを使えるところがいい。消しながらつぎを考える。ただ4Bの鉛筆書きを消しゴムで消すと、消しゴムがまっ黒になり文字もぼやけてしまう。

しかし、ハガキや手紙は万年筆で書く。

ハガキの宛先を鉛筆で書くと呆けたみたいで、相手に失礼である。鉛筆はふだん着のTシャツのようなもので、公用にはむかない。

履歴書はじめ公用の文書に鉛筆は使わない。役所や会社に提出する文書やラブレターにも鉛筆は使わない。であるのに選挙の投票には鉛筆が使われているのはなぜであるか、と「週刊朝日」A記者を通じて東京都選挙管理委員会に問いあわせると、

①文字写りを防ぐため。

②経費削減のため。

という回答だった。

自前のボールペンやサインペンで書いてもいいが万年筆を使うと、インクが乾いていないため、「月」の字が「明」になったり、「水」が「氷」になるなど、無効票になる場合がある。選挙区によっては、備えつけの鉛筆以外の筆記用具は使用できない場合もあるらしい。

いまひとつ納得できないので、A記者にもう一度問いあわせて貰った。東京都選管の担当者は、

①これまで使ってきたから鉛筆である。

②自分のペンも使用可能。

③消しゴムは基本的に置いてないので、書き直す場合は線を引き、新たな名前を書き入れる。

④投票用紙は特殊なプラスチックの素材でできており、鉛筆で書いた文字を消すと黒くなってしまい、消したことはすぐわかる。

⑤開票には警察も立ち会うし、立会人が多くいるので不正をする余地はない。

とのことであった。

つづいて茨城・東海村選挙管理委員会に訊いてみた。
①昔から鉛筆がしきたり。
②自分で持ちこんだボールペンなども使えるが、バッグのなかから自分のペンを取り出すと、その動きが不審と見なされて、声をかけられることもある。
③開票にはいろいろな党派の立会人がいるので、不正が行われる余地はない。
新潟・弥彦村選挙管理委員会の回答は、
①基本的には鉛筆。
②自分のペンで書いてもいいが、油性マジックで書くと滲んで判読できない可能性がある。自分のペンをバッグから出そうとする行為には「どうしましたか？」と声をかけている。
③複数の立会人がいるので不正は起こりえない。
と、いうことであった。

で、参院選の投票日に、小さく切った消しゴムをポケットに入れて出かけた。トンボ鉛筆のＢ（定価五十円）が置いてあり、まず一番投票したくない人の名を書き、持ちこんだ消しゴムで消すと、きれいに消えた。つぎに投票したい人の名を書きこんだ。

比例区の投票でも、同じように書き直したが、消しゴムできれいに消えたのだった。

消しゴムを使いながら、不審者と思われないように、候補者の名をジロジロ見て、考えているふりをするのに苦労した。プラスチックの素材でできている投票用紙は、二つに折って箱に入れると、箱のなかで開くので、開票の速度が早くなるという。ただし、消しゴムで消せば、書き損じた字はきれいに消えるのであった。ボールペンは一本百円だから鉛筆のほうが値は安い。

投票用紙は箱に入れて封印して厳重に保管して、当選者の任期が終わったらシュレッダーにかけて、二次使用してプラスチックに再生する。鉛筆の芯の成分がまじっているので、グレーがかったプラスチックとなり、うちわの骨などに使われる。

鉛筆の起源は一五六四年。イギリスのボローデルという谷から黒鉛が発見されて、木片にはさんで使われた。日本では明治二十（一八八七）年、三菱鉛筆の祖・真崎仁六が工業化に成功した。

いま使っている三菱Ｈｉ―ｕｎｉには「ＥＳＴＡＢＬＩＳＨＥＤ　１８８７」と金文字で刻印されている。４Ｂという柔らかい芯が、軸のまん中にまっすぐに入り、崩れず、さらさらと書きやすい。書いていると指が気持ちよくなる。栗色の塗装にむらがなく、塗りがいい。とほれぼれとながめて、削るのが惜しくなった。小学校に入学したとき、はじめて鉛筆を削るときに木片の香りを覚えた。

いまもナイフで鉛筆を削っている。と考えると、選挙の投票に鉛筆を使うことは鉛筆の需要が増えるから鉛筆偏愛派にとっては喜ばしいことだ、という結論に至りまして、めでたし、めでたし。

つぎの投票では、もう一度、消しゴムを持参して、きれいに消えることを確認するつもりだ。気になる人は、試してみて下さい。と、プラスチック骨のうちわで、パタパタと頭をあおいだ。

賞味期限

母の家の納戸に年代物の木箱があって、そこに缶詰が山のように入っている。大地震がきたときの非常食だが、鯖味噌煮缶で八戸市に工場がある宝幸という会社が作っている缶を見つけた。銘酒大関の酒粕仕立てと記されている。賞味期限は二〇一四年三月一日で、とっくの昔に切れている。やったあ、熟成九年。

さっそくリングに指を突っこんで開けてみた。カリカリ、シュワッと音がして茶褐色の味噌煮が出てきた。割り箸で腹の部分をとって口に入れると、ふんわりとほどけて旨みがひろがっていく。干物は放っておくと枯葉色にぱさぱさになるが、缶詰は熟成していく。

漱石の門弟で内田百閒（ひやつけん）という小説家は缶詰を好み、バターの缶詰、ハムの缶詰、コンビーフの缶詰、ソーセージの缶詰といろいろ試したあげく、缶詰の中身にしみたブリキの移り香を風味のひとつに数えた。

ことに福神漬の缶詰が好きで、「缶詰でない福神漬は食べられない」とまで言いきる。少年のころ海水浴に連れて行かれたときに、浜辺で開けた福神漬の缶詰の味が重なるのだ。

京橋の明治製菓本社を訪ねた百閒は、応接間の椅子に座って待たされているとき、壁ぎわのガラス戸棚にいろいろの缶詰が並んでいるのが目に入った。そこに西日が射（さ）していた。

「缶詰は古くなければ意味はない。西日が射したり翳（かげ）ったりするから、縁の下などに蔵（しま）ってある物より中身はませているに違いない。缶切りできりきりと蓋（ふた）を切って、普通に置いてあった缶詰なら底から開けるに限る」（「喰意地」）

と考えた百閒は、あれこれと食い意地をはたらかせて、食おうとした。この鯖缶は東日本大地震のときに買い置いたものだった。

大相撲春場所がはじまったので、缶ビールを飲みながらＮＨＫテレビの相撲中継を見ている。うちのテレビは二十年前に買ったものでこっちも賞味期限が切れている。老母ヨシ子さんがひとりで住む家は、築七十年で、賞味期限が切れたものの、古くなればなったで、かえって味わいがある。

かつて五人家族が住み、二階には三兄弟の個室と廊下があり、一階は父の書斎兼応接間ほか書庫、納戸、台所と食事をする洋間、和室二間、ひなたぼっこをする縁側の廊下、風呂場、など、けっこう広かったが、いまはヨシ子さんひとりが住んでいる。私はヨシ子さんの様子を見ながら二階の一室で仕事をするようになった。

テレビも冷蔵庫もテーブルも椅子もカーテンも、ヨシ子さんの家はすべて賞味期限が切れている。

三年前は雨漏りしたが、いつのまにか直った。日曜大工を得意とする弟がやってきて、屋根や壁や天井裏やドアの鍵を修理してくれる。玄関にあった新聞や郵便物入れの箱を通用口のほうにつけ替えた。

ヨシ子さんが亡くなったら、このオンボロ家屋は取り壊すが、まだぴんぴんに元気だから、そのまま使っている。二階の部屋は、芭蕉庵と名づけ、芭蕉関係の古書が三百冊ほどある。照明具もソファーもＣＤも文具もすべてが賞味期限切れである。ということは熟成でもあって、父が使っていたナショナルの消しゴムかす取り器は、正式な商品名はわからぬが、単三電池四個で可動する。七センチ四方の黒い立方体の箱は、スイッチを入れるとブルンブルンと音をたて、机の上に散った消しゴムのかすを吸い取るのである。

あるいは単三電池で点灯させる二センチ四方のルーペ、手廻しの鉛筆削り器、壁にはめこむ懐中電灯、など三十年以上前の不思議な物がある。

ソフト帽は二つ。ひとつは山口瞳先生の形見、もうひとつは父の形見で、ともにボルサリーノだが、これも熟成しすぎで、いい味になってます。

先輩の恩、親の恩には賞味期限はありません。友情の賞味期限は、人により三年もの、五年もの、十年もの、二十年もの、五十年ものがある。隠居の賞味期限は十年、俳人の賞味期限は金子兜太先生が最長記録、作家は『私何だか死なないような気がするんですよ』の宇野千代さんが九十八歳。会社の相談役は社長↓会長↓相談役ルートで五年。落語家はけっこう長いです。

新聞の賞味期限は一日だけ、畳替えのとき下に敷いた三年前の新聞を読んだりする。週刊誌は一週間、月刊誌は一カ月、カレンダーは一年。

部屋の奥に本みりんがあったので、コップについで飲んだ。古酒専門店で手に入れたもので、新潟県長岡市の住乃井酒造製。昭和四十九年、平成四年、平成五年、平成六年の本みりんをブレンドして、瓶詰めにしたのは平成二十一年一月。飲んでみましょうか。

銀色のキャップが固くてなかなか開かない。引き出しの中に父の遺品の栓開け具があった。きりきりきり、カリカリ、ミシミシ、スコーン、開けました。甘い香りが漂い濃紫色の酒になっている。シェリー酒の味にチョコレートがまじった感じ。ドイツのアイスワイン（トロッケン　ベーレン　アウスレーゼ）に似て、濃厚、芳醇、官能で舌がしびれた。国産のもち米と米麹が原材料で、アルコール度十三度。酸味がある。賞味期限を意図的にのばして熟成させた酒で、グラスに一杯飲むと、頸動脈のあたりに酔いが廻ってきた。

ＮＨＫテレビの相撲中継に、初場所に休養して解説を休んだ北の富士さんが登場している。頬がやせて、スマートになり、鶴田浩二みたいな男っぷりのいい俳優顔である。北の富士流の解説はいいねえ。

北の富士さんは、私と同じく昭和十七年生まれで、三月二十八日が誕生日。「『じいさんがそこにいる』と思ったらオレだった」とテレビモニターを見ながら北の富士さんは冗談を言った。ますます色っぽい五十二代横綱だから、少なくともあと五年は賞味期限がありますな。北の富士さんが解説席にデーンといてくれないと、やっぱり淋しいもんですよ。

私は、文筆業者としての賞味期限は七十五歳と考えていたが、いざ七十五歳になってみると、やり残したことがいくつもあって、背中をつんつんと押される感じがする。北の富士さんを見て「賞味期限をあと七年のばそう」と考えなおすことにした。

水桜の誘惑

桜が咲くと、芭蕉の「さまざまのこと思ひ出す桜かな」という一句が深く胸に染みてくる。江戸に出て俳諧宗匠となった芭蕉が、ふるさと伊賀上野の藤堂家花見へ招かれたときの吟である。二十五歳で逝った主君藤堂良忠（蟬吟）の子良長（探丸子）が二十三歳となり、招待してくれた。二十年余の時の流れに芭蕉は「さまざまのこと思ひ出す」のであった。

桜は花でありつつ心を持った動物的体温があり、花の背後に物語がある。最初の記憶は、小学校一年のとき、母親に連れて行かれた入学式の桜であった。焼け跡のなかにバラック校舎があり、校庭に植えたての桜が咲いていた。遠く離れた丘の上に桜の森があり、進駐軍の水陸両用車が走り去るのが見えた。全力疾走して丘に登ると、桜は川沿いに海へ向かって咲きあふれ、水陸両用車が海へ入っていった。いとこの春雄兄ちゃんと、双眼鏡で米軍の水陸両用車の威容を観察した。

藤沢のトタン長屋から東京郊外の国立（くにたち）へ引っ越すと、大学通りは桜並木であった。桜が咲くといてもたってもいられず、リヤカーのタイヤを使ったノーパンクの自転車に乗って走り廻った。桜は小学校の運動場にささやきかける美少女であった。

小学校四年のとき、桜の苗木を買ってきて近所の庭や玄関に植えた。大学通りの桜並木にあやかって、四十世帯ぐらいが植えたのだった。わが家には三本植えて、高校生のとき庭で花見の宴を開いた。武蔵野の原野に建てた家で、庭は栗やススキだらけだから、せめて桜を、ということだった。

桜は成長が早く、ぐんぐん成長して枝をのばすから庭木には向かない。その七年後は桜咲く貧民街となったが、世帯主が引っ越すと、桜の木は斬られて、一世帯を四等分した分譲住宅やアパートが建ち、わが家一帯はスラム化しつつある。玄関に老木となった桜が一本だけ残っているが、電線にひっかかるので、上の枝を切っている。

出版社に就職した日、四ツ谷駅から桜咲く土堤沿いの道を歩くうち、花に見とれて十分遅刻して、総務課長に「遅い！」と叱られた。出社初日は午前九時半から社長の訓辞があった。

訓辞のとき、隣の女子高校の校庭から桜の花が会社の庭に散り落ちてきた。あのときは桜に眩惑されて頭がぐらぐらして、いまなお忘れられない至福の一瞬であった。

社長室で新人社員七人が鰻丼を食べた。

花に酔う。退職して赤坂八丁目に事務所を構えたときは、乃木神社の桜の古木の下で花見をした。近所の台湾料理店より、餃子、焼売、焼きそばなどを大量に買ってきて、南伸坊は毎回変装してきた。安西水丸や平凡社の岡みどりさん、初代秘書の高橋シメ子さん、渡辺和博、若松孝二、写真家の柳沢信、など、すでに故人となった友人も多い。赤瀬川原平さんも花見好きだったなあ。

夜桜は天から花の枝がのびてくる。空のてっぺんに桜の水たまりがあって、そこから月光に乗って、花が舞ってくる。

そのころ、東京の花見はお堀端、九段、浅草、上野山が定番で、上野の夜桜は焼き肉の匂いがまざり、動物園からはライオンの咆哮(ほうこう)が聞こえた。墓地の花見がいいのは、地下から死者のヒトダマが出てきて、わいわいと宴会に参加するからです。花見の席にガス台と網を持ちこみ、ジュージューモワモワと肉を焼くのはいつごろから流行したかわからぬが、いまは禁止されている。上野山の風情は敗戦直後の風情が濃く、桜が色っぽく血走っていた。

酔ったおやじが桜の木に登ってゆさゆさと枝が揺れて、花が舞い、ついでに枝から落ちて気絶する。女の酔っ払いが「今夜は家へ帰らないわ」と叫んで周囲を手こずらせる。こういった酔狂の伝統はハロウィーンの渋谷の夜に受けつがれております。

酔った姉ちゃんが桜山の坂をごろごろと転がり落ち、あちこちでケンカがはじまる。わっと人だかりとなり、見物人が多いから、ケンカするあんちゃんも見栄をはって大たちまわり。パトカーがかけつけると、みなさん知らんぷりでまた酒盛りとなった。これは信長型戦闘花見で、桜山に陣どった酒乱が、ケンカをするために飲んだ。最初から木刀を片手に酒を飲むんだからね。

八〇年代は秀吉型ワイワイガヤガヤ中小企業宴会で、工事用青色ビニールを敷いて日本酒をデンと置いて、酒盃に桜の花を浮かべた。通りすがりの見知らぬ姉ちゃんに「まあ一杯飲んでいきな」と酒をすすめた。みんな機嫌がよかった。

九〇年をすぎると、桜木のあいだに紅白の幕をはり、これを家康式大型自社中心花見という。会社の仲間だけで宴会を開き、新入社員はＡＫＢ48のなりで踊り、課長は英語で「マイ・ウェイ」を歌った。

いまはどうなっているんだろう。花見仲間は半数が物故し、かつてのような宴会をしなくなった。

吉野山の花見は、上千本、中千本、下千本にうずもれて、西行の気分でじっくりと見る。いまは夜桜をライティングするのが流行で、闇夜の舞台がいっそう妖艶になる。

西行が生きた平安時代や、芭蕉の江戸時代は、ライティングはなかった。ライティングされた桜が、池に反射するシーンはこの世のものとは思えぬ幽玄がある。池の底に桜が湧き出て咲くんだから。

金沢の城内はライティングされた桜が、堀の水に映ると吸いこまれそうで、いまなお目の奥にくっきりと焼きついていて、西行や芭蕉に見せたいと思う。

これを水辺反射桜（水桜）と名づけて、全国水桜百選の旅をしようか、と老生は考えております。桜の名所の担当者は、水桜が見える仕掛け（ライティングをふくめて）を工夫していただきたい。

父が他界したのは四月三日で、桜の盛りだった。父の俳句仲間が「西行のごとく逝かれし花の影」と追悼してくれた。私は、「父去ってなお夕闇に桜満つ」、母のヨシ子さんは、「花のもと散るを待たずに逝かれけり」の句を仏壇の遺影に呈した。

ヨシ子さんは「老いてますますわがまま」になり、今年も玄関の桜が咲きはじめ、さまざまなことを思い出す。思い出に花が寄りそい、花はヨシ子さんに語りかける。

湯体一体の奥義

若いころから温泉狂いで二十歳の秋に伊豆の破れ寺で『赤丹の銀次』という小説を書いたことがある。二週間泊まって朝から酒を飲み、酔って谷川に落ち、危うく死にそうになった。寺に風呂はないので村の共同浴場につかる日々であった。大学を中退してどこかの山の湯の下足番でもやろうと考えていた。いまでも年配の湯守りに会うと「ああ、この人は私だったのかもしれない」と思う。

山の湯守りはわけありの人が多く、黙して語らぬものの、私なんぞよりずっと多くの体験をしている。いまでこそ温泉ブームになったからいいものの、ひと昔前は命がけの覚悟が必要だったろう。自家発電で、熊や猪が出てくるし、台風で川が増水して宿が流されることもたびたびだ。

大雪が二メートル以上つもった青森県の酸ケ湯（すかゆ）がテレビニュースに出ていた。八甲田山の山懐に抱かれた東北屈指の名湯で、総ヒバ造りの「千人風呂」がある。はじめて酸ケ湯へ行ったのは中学三年の修学旅行で、とろりと白濁した酸性の湯につかると、幽境をさまよう快感で眠くなった。

明治三十五年、八甲田山死の行軍があった。雪の八甲田山中を迷いに迷って二百名近い凍死者を出した。その様子は新田次郎『八甲田山死の彷徨』に書かれ、高倉健主演で映画化された。腰まで埋没する雪のなかを歩いた兵士たちは「もう少し行けば温泉がある」と暗示をかけつつ行軍した。極楽のひとつ隣には死の世界があることも、この世の定めなのだ。

いままで行った温泉は千二百湯ぐらいで、山の湯が持つ太古の治癒力によって私は生かされてきた。なかでも雪が降る露天風呂ほど豪勢なものはなく、極楽と幽界の境に侵入する。目に入る風景がすべて雪、雪、雪のなかでひとり湯につかった。無念無想。この快感を一度味わうと温泉依存症となる。

まずは熱い内湯につかって体をあたためる。手や足のさきがジーンとしびれるのは手足が冷えこんでいるためで、七、八分でなじんでくる。骨まであたためてからエイヤッと雪が降る露天風呂に飛びこむのが極楽タイム。顔はひりりと冷たいが首から下は真綿に抱かれたようにぽかぽかして、これを二色アイスクリームの味という。意識はさえているのに背骨ごと溶け出すようで、とろーりとした堕落的官能があり、夢は雪の花野を駆けめぐる。

自宅の風呂に入るのは午前三時ごろで、午前二時までは仕事をしている。仕事が終わると中村誠一のサックスのCDを聴きつつウイスキーの水割り三杯をすすり、ジャズジャズと風呂につかる。両足をのばすことができる大きめバスタブである。

家人は眠っており、ぬるくなった湯の温度を四十三度に設定し、温泉入浴剤を入れてジャグジーのボタンを押す。脱衣室の暖房を入れて、四十三度に設定した湯を蛇口から流して三分待ってから、そろーりとつかる。

体が湯になじんだころを見はからって、浴室の大窓を開けると、たちこめた湯気が出ていき、外の空気が入ってくる。ジャグジーは十五分で止まる。

窓の外を見ると、月が西の空へ落ちていく。中庭の梅が咲き出して、いささか山の露天風呂といった味わいになる。ジャグジーは、使いはじめたころは面白かったが、ぶくぶくと立つ泡がうるさく感じられる。しーんとしずまった浴室で、湯体一体化する。

これは山の湯で体得した奥義で、皮膚一枚を境界として、湯と体が合体する。体は湯に溶け、湯は体と融合して、無我の境地となる。普通は自宅の風呂では無理で、深山幽谷の露天風呂につかって、星の光の下で体感する。風呂場の窓を開けて、全身の力を抜き、外気を深く吸いこんで腹式呼吸して、五体をおだててだますのがコツである。

うっかりすると心臓発作をおこす危険があり、心電図検査でアブノーマルとされる身としては細心の注意を払っている。ぎりぎりの危険がいいわけです。

浴室で体を洗わないのは山の湯の流儀であって、ひたすら湯に抱かれる。石けんやシャンプーのごときものは、山の湯では使わない。一日何回も温泉につかると、身体の老廃物は皮膚より外に染み出ていく。

化学繊維のタオルで背中をごしごし洗ったら、赤い痣がついてしまった。四十二度に下げた湯を少しずつ浴槽に入れるので、湯面上部に浮かんだ垢が流れ出ていく。額からはうっすらと汗が浮き出てくる。短髪なので、頭から湯をざんぶりとかぶって指のさきでごりごりとこする。およそ三十分ほどつかってから、湯の温度を四十五度に上げ、うーあーと唸りつつ体をひねり、湯から出る。窓を開けたままバスタオルで手短に拭き、素早く窓を閉める。

ふと昔の温泉仲間を思い出した。温泉仲間は、雑誌編集者やテレビプロデューサーのほか、プロ棋士やコンピュータ会社の人など多種多様で、男も女もハダカのつきあいで仲がよかった。何度も一緒の湯につかっていると「もうひとつの家族」の気分になった。

一軒宿の湯治場では、帳場の前で味噌や米、野菜を売っており、一週間以上泊まる客ばかりだ。自炊棟では農家のおばちゃんたちが、わいわいと楽しそうに夕食を食べていた。

露天風呂につかっていると、ブナの大樹からどさっと雪が落ちてきた。雪の重みでしなっていた竹が、パーンと音をたてて割れた。川面は凍ってクモリガラスのような薄氷をはり、舞う雪は、のれんみたいに揺れていた。湯に身をうずめると、山の霊気が浸みて、天然の力をさずかった。

やっぱり、山の湯へ行かなければなあ。カモシカの親子連れが目の前の崖を通るような仙境でなければ湯体一体は難しい。

パジャマに着がえて、テレビをつけると、ニュースを放送している。時計は午前四時半だが、外はまだ暗い。新聞配達のバイクが止まり、朝刊が郵便受けに入る音がカサッと聞こえた。下駄をつっかけて、新聞をとりに行った。朝刊をばりばりと開いて、築地市場の記事を読みながら、缶ビールを飲んだ。

ディランもダイナマイト

ノーベル文学賞に選ばれたシンガー・ソングライターのボブ・ディラン（75）にスウェーデン・アカデミーのノーベル委員長ペール・ベストベリィ氏が「無礼で傲慢だ」と怒った。受賞発表後、ディランに連絡を試みたが、連絡がつかず、賞を受けるつもりがあるか、授賞式に出席するかも不明のままだった。

授賞のニュースが流れたとき、ディランはラスベガスのホテルで「ネバー・エンディング・ツアー」のコンサートに出演していた。ホテルの前にある電光掲示板に「受賞おめでとう」というメッセージが出たが、ディランは、なんのコメントもせずにステージで歌いつづけた。文学賞辞退となればフランスの哲学者サルトル（一九六四年）以来二人目となる。ディランの公式ウェブサイトには、一時「ノーベル文学賞受賞者」と掲載されたが、十月二十一日までに削除された。スウェーデン・アカデミーはメンツをつぶされ、

「これほど長く返事がないことはいままでなかった」

と怒り心頭に発した。

なぜディランがノーベル文学賞か、というと「古代ギリシャのホメロスやサッフォーに連なる偉大な詩人だ」からで、イギリスの作家サルマン・ラシュディは「吟遊詩人の伝統をうけつぐ偉大な詩人」と評価した。ああそれなのにディランからは返事がない。と、ノーベル文学賞選考委員は怒ったわけですよ。

だけど、吟遊詩人というのは、もとより傲慢で生意気で気まぐれな人間なんですね。他人に指図されず、自由気ままに生きている。そんなことに気がつかずに、ディランに賞を与え、「返事が遅い」と怒るスウェーデン・アカデミーのほうがおかしい。

サルトルがノーベル文学賞を辞退したのは、ノーベル文学賞の権威を認めていたからだ。辞退の理由は、「作家が受け入れるあらゆる栄誉は、読者にある種の圧力を与える」というものであった。それを聞いて、「なんてカッコいいんだ」と思い入り、実存主義もよくわからぬまま、人文書院のサルトル著作集を読みふけった。

そういったサルトル依存のアンちゃんをサルトル佐助といった。サルトルの小説や戯曲には成功した人物は登場せず、ほとんど挫折する人ばかりで、自分のことを「腐敗した知識人」と分析している。一九六六年九月、シモーヌ・ド・ボーボワールと来日したときは、いさんで講演会に駆けつけた。

　ディランは一九四一年生まれで、学年でいえば私と同期生だ。フォーク歌手としてデビューしたのは二十歳でアルバム『ボブ・ディラン』。「風に吹かれて」や「時代は変る」など初期の歌はベトナム反戦を象徴するメッセージソングであった。この時代のディランを評価するのならば、ノーベル平和賞だろう。

　やがて、ロックに転向して、フォーク・ロックという分野を作り、カントリーやブルースにも近づいた。時代とともに変幻自在に、だみ声で歌いつづける。

　一九八八年から続けている「ネバー・エンディング・ツアー」は、日本でも八回の公演が行われた。二〇一六年四月には渋谷のオーチャードホール、大阪のフェスティバルホールなどで十六回もステージに立った。日本公演ではスタンダード曲「枯葉」を歌うサービスぶりだった。

　ディランは「ノーベル文学賞ってなんなの?」という気があるのだろう。わがままで偏屈で、五十年余にわたって自己変革をなしとげてきた。「私の運命は命の風が吹くままに」と自伝で語っている。

　スウェーデン・アカデミーが「無礼で傲慢だ」と発言すれば、「なに言ってんの」という気分だろう。サルトルはノーベル文学賞の権威を認めたから辞退した。ディランは、ノーベル文学賞の価値の圏外にいる。だから、どうしようかな、と思案しているときに「怒られ」てしまった。

ノーベル氏は一八六七年にダイナマイトを発明し、その後、爆発物に関する特許をとって、事業を拡大して大富豪になった。しかし事業が拡大すると孤独感にさいなまれて人間不信におちいった。頻発する特許の紛争や共同経営者の裏切りがあり、おびただしい寄付の依頼が舞いこんだ。

文学に関心が深く、詩や小説も書いた。最晩年に書いた悲劇「ネメシス」だけが自費出版されたが、死後、遺族の手で、三部を除き破棄された。ノーベル氏もまた、サルトルやディランのように、苦悩して自己革新した人である。

授賞式はノーベルの命日十二月十日にストックホルムで行われた。ディランは賞を受け入れたが授賞式には出席しなかった。なにごとも、そのときの気分で行動するのが吟遊詩人の特権で、ディランもダイナマイトのような爆発物だ。

ノーベル賞の賞金は約九千四百万円である。この騒動により、ディランのＣＤは売れ、コンサートにも客がつめかけるから、賞金ぶんはすでに手にしている。

スウェーデンはキリスト教の国だから、ヘンリー・ミラーのようにセックス描写が強い作品は選ばれない。マッド・サイエンスを書くカート・ヴォネガットや、『薔薇の名前』のウンベルト・エーコ、『さようならコロンバス』のフィリップ・ロスも、実力があるのにとれなかった。村上春樹訳『熊を放つ』の作者ジョン・アーヴィングも選ばれていい小説家だ。

さて、今回の騒動によって、ノーベル文学賞を、村上春樹はとれるだろうか。と、情報通の書評家・松田哲夫に電話をして聞くと「今回の騒動は、村上春樹に有利に動きます。今年の予想オッズでは一位でしたよ。そろそろとりごろ」とのこと。元スウェーデン大使に聞くと『スウェーデンの森』ではなく、『ノルウェイの森』を書いたのでノーベル文学賞はとれない、とのことであった（半分冗談）。

女性小説家では小川洋子が要注目で、フランスでほぼ全作品が翻訳されている。吉本ばななはイタリアで翻訳され、人気がある。村上さんがもたもたしていると、このふたりが受賞なんてことがあるかもしれない。いずれにせよ波瀾ぶくみのノーベル文学賞であります。

百閒眼鏡(ひやっけんめがね)

ひさしぶりに晴れたので国立の実家から一キロほど歩いて、南武線谷保駅近くの富士見台第一団地へ向かった。築五十年余になる古ぼけた団地には鮮魚店、八百屋、豆腐屋、パン屋、一橋大学学生が運営するカフェ、うどん屋などの商店街がある。どの店も時代ものだが並んでいる品物はぴかぴかに新鮮で、店の主人の風格がいい。

その一軒、ヤマキという眼鏡屋のショーウィンドーでベッコウ（プラスチック製）ぶちの眼鏡を見つけ、目が釘付けになった。気にいったのでふたつ買った。市内の眼科で白内障の手術をしたときの眼鏡処方箋を持っていた。なんでもふたつ買う習慣があり、なぜならすぐなくすからだ。一週間後に受けとりに行くと、店の奥で年配の職人が腕時計を修理していた。あ、この人はデキル、達人だ、とぴんときた。年をとると腕ききの職人がわかる。ひとことふたこと話しただけで、ピーンとくる。

その翌日、家の引き出しにしまっておいた古い腕時計を七個持っていった。イタリアで買ったアルマーニの時計、海軍航空隊（一九三〇年）時計、息子が中国旅行で買ってきてくれた周恩来肖像入り時計（手巻き）、など、いずれも止まって動かなくなったものばかりである。

別の時計店では修理できない、電池の入れかえもできない、と断られた時計がこの職人の腕ですべて動いた。嬉しくなった。ベルトも新しいものに変えた。

で、北京で買い求めた球体の透明アクリル製骨董時計を持ちこんだ。手巻きの置き時計で、十年前に買ったものだが、これも一週間で直してしまった。

直径三センチほどの球体時計を分解して、ねじを磨いて油をさした。感激して、若主人に、内田百閒先生のような丸眼鏡を捜してくれ、と頼んだ。ジョン・レノンが使ったようなモダーンな丸眼鏡はあるが、私は百閒先生と同じく顔幅が広い。昭和時代の旧型の丸眼鏡が見つかったので、度入りのレンズを入れたのをまた一週間後に受けとりに行った。

そのとき、老職人が、

「シューちゃんに、ときどき、話をきいているよ」

と言った。なんだシューちゃん（佐藤収一）の友人だったのか。

百閒眼鏡をかけて、谷保駅近くの細い飲食街を歩いた。この通りには、小さな居酒屋「文蔵」があって山口瞳さんが『居酒屋兆治』という小説にした。カウンター十二席ほどの焼き鳥屋で、映画化されたときは高倉健さんがきた。文蔵は奥様が亡くなってから店を閉めた。

国立にきた友人は、だれもが「文蔵に連れてってくれ」と言い、そのたびに行ったことを思い出した。

大学通りの桜は紅葉し、いちょうの葉も黄色く色づきはじめている。神楽坂の借家に住んで二十年たつが、国立の陋屋には老母が住んでいる。広い大学通りは、飛行機が着陸できるように設計されている。自動車道の両側に自転車専用レーンがあり、その両側に幅十メートルほどの緑地帯と石畳の道がある。

十メートル幅の緑地帯には桜、いちょう、けやき、松などの保存樹木が繁り、市の花である梅のあいだにつつじ、山吹、山椒、ユキヤナギなどが植えてある。

百閒眼鏡をかけて歩道を歩くと、後方から日が射し込んで、斜め右前に自分の影が映った。ずんぐりむっくりした影は、百閒先生が乗り移ったようで、気分が高揚する。

右手をひらひらと振ると手の一本一本の影がゆれる。左足を出すとくっきりとした左足の影が動き、百閒先生にひきずられていく感じだ。

百閒先生は東京合羽坂に住んでいた四十歳のころは立派な口髭をはやしていたが、

晩年は剃り落とした。私も口髭など剃ってしまおうか、と思案するが、かれこれ五十年ちかく口髭とつきあっているので、いまさら剃れない。

小犬を連れた御婦人が歩いてきた。ピンク色のセーターを着てサングラスをつけている。小犬がちょろちょろと歩く影が私の影とすれちがう。

くに高（都立国立高校）正門の前にテーダマツと名づけられた古松がある。松の幹は断崖絶壁の岩のような威厳を保ち、大きな松ぼっくりを拾うと思いのほか軽い。松の樹影が石畳の上にズドーンとのびている。

自動車道を京王バスが走り、バスの影も走る。乗客は老人ばかりで、後部座席に座ったおばさまは、弁当を食べていた。どこもかしこも老人が多いが、私も老人だから文句をいってもはじまらない。

虫喰いの桜の葉が舞い落ちる。春は一面の桜が咲いて、山口瞳さんの仲間たちと花見をした日々がなつかしい。桜の幹は火山の溶岩状にとぐろをまき、根のマグマが地表に噴出したかと思わせる。

レストランのガラス窓に午後の光線が反射し、舞い落ちた桜の葉が映っている。葉は、ビラをまくようにまとめて落ちる。百閒眼鏡をかけた私の姿も映った。歩くうちに眼鏡がなじんでくる。

一橋大学の正門へ入り、時計台に向かって進むと、校舎の壁でけやきの樹影がゆれ、立ち止まって眺めた。けやきの幹は、女性体操選手のように優美で長い。葉の一枚、枝のさき一本までが、版画のような影となり、と見るま、雲が動き、樹影はゆっくりとフェイドアウトした。

けやきの幹に、びっしりと青苔がつき、蔦が巻きつき、紅葉している。

兼松(かねまつ)講堂で東京芸大シンフォニーオーケストラ公演のポスター。公民館地下ホールでは「なぜ酒豪は北と南に多いのか」のお話。西友七階ホールでは「考古学からみた邪馬台国」の講演会。大学構内には映画やシンポジウムの看板がたっている。林の奥から楽器演奏の音が流れて、食堂に出入りする学生が賑わう。

一橋大学の裏門を抜けてシューちゃんが運営する明窓浄机(めいそうじようき)館という画廊へ行くと、俳画展をやっていた。シューちゃんが買い集めた私と南伸坊の俳画と、それをワインのラベルにしたものをぱらぱらと展示している。十月の終わりに、「小学生吟行句会」興行があるので、思いつきで展示したらしい。

百間眼鏡をかけて「ヤマキ眼鏡店で買ったのだよ」と自慢したら、シューちゃんは「あの店のオヤジさんは町の重要人間文化財ともいうべきですよ。富士見台第一団地ができたときからある老舗です」と解説してくれた。「国立財界の担保」として君臨するシューちゃんは、新婚時代はこの団地に住んでいた。「国立の老害」として徘徊する私も、百閒先生のように口をへの字に曲げて、「うむ」とうなずいたのだった。

竹林の三仙人

「竹林の七賢」は世俗を避けて竹林に住んだ七人の賢人である。昔の中国には名利を超越した高尚な仙人がいたが、わが日本国においては鳥取県倉吉市の山中に竹林の三仙人がいた。

三仙人といっても人間ではなく竹である。廃線となった旧国鉄倉吉線の泰久寺(たいきゅうじ)駅跡から竹林となり、二本のレールのあいだから三本の竹が生えている。物干し竿に使えそうな太い竹で、廃線跡を案内してくれた市役所観光課のヤスヒロ君に「名をつけて下さい」と頼まれて「竹林の三仙人」と命名したのだった。

レールのなかに生えた三本の竹が、なにやら仙人のように清談をしている風格があったのでそう名づけた。竹林はかぐや姫が降臨したところでもあり、高貴な気品に包まれている。

その三仙人の写真が『新廃線紀行』(光文社文庫)の表紙となった。神楽坂の居酒屋に、わが廃線紀行に同行したイソ坊（礒江晋也）、ダンゴロー（檀将治）といった旧友が集まり、ささやかな出版記念宴会をした。若い編集者を用心棒として日本全国を廻った日々の記憶が、螢光灯の天井で渦を巻く。楽しかったなあ。

北海道で「ああ、涙ぼろぼろ夕張鉄道」と始まり、夕焼けが地平ににじむなか、町が朽ちて崩れていく姿を見た。おぼろげな記憶の奥に、雪道を蹴たてて走る馬そりの影が残っていた。栄枯盛衰は時代の流れで、栄えていたものは、いずれ滅びる。

行く汽車の流れはたえずして、しかももとの鉄路はない。廃線旅の名著は宮脇俊三編著『鉄道廃線跡を歩く』であるが、そのほとんどが潰されてしまった。私の『新廃線紀行』では二五〇点の写真で検証したが、これが失われるのも時間の問題だろう。

竹林の三仙人が五仙人になったか七仙人になったかはわからぬが、京都の嵯峨野をしのぐほど深い竹林の奥にトンネルがあった。入口は金属フェンスで封鎖されているが、市のスパコウ（スーパー公務員の略。地方市役所にはどこにも若手の敏腕役人がいます）ヤスヒロ君が鍵をあけた。ヤスヒロ君は廃線跡トレッキングを企画していた。

懐中電灯を手にして、一〇七メートルのトンネルへ入ると、はじめはマックラだったが、やがて暗闇に目がなれてきた。国鉄時代のトンネルだけあって壁が厚く、強度は十分に安全だ。倉吉には旧知の傑僧・中村ボウズ（大岳院住職、中村見自氏。空手の達人）がいるから、ここで「怪談」のイベントをすれば、さぞかし怖いはずで、それが実現すれば「三途のトンネル」になる、と思案した。

関金町資料館（いまは閉館）へ行くと踏切信号機や鉄道写真が展示されていた。そのなかに特集「日本鉄道物語」の月刊太陽（一九七八年十二月号）が置いてあり、編集人に私の名があった。編集後記に「夜行特急にはウイスキーのポケット瓶を持って行こう……」云々と書いてあり、ダンゴローに「三十年も前から鉄道浪人をしてたんだア」とからかわれた。言われてみればその通りで、いつまでたっても似たようなことをして進歩しない。

川が流れ、菜の花が咲き、線路跡で三仙人が肩を寄せる姿を確認し、這いずり廻る仙人のごとき嗅覚（きゅうかく）で生きてきたのだった。子どものころは線路の上を歩いた。レールに耳をあて、遠くで列車が走る音を聴いた。耳たぶに、ひやりとする冷たい感触がはぜて、鉄の匂いがした。レールに列車の音がゴンゴーンと響くと、す早くたちのいて、目前を過ぎる機関車の轟音に震えた。ひたすらムカシへ旅をする。

レールを触媒として自分の行く末を見届ける。廃線に点在する無用の駅はコンクリートの歌枕である。なにごとも「さよならだけが人生」なのだ。

あらら、そんなことを考えているうちに、遥か遠くの鉄橋が黒影となった。私は学生のころからムカシのことばかり考える癖があって、一番苦手な言葉は「未来」だった。かつて未来学者という人がいて、いまだって「未来はこうなりますよ」と予言する学者がいる。「うそつけ」と思う。未来という言葉のインチキなからくりが信用できない。

かつて霞ケ浦の北側を走る鹿島鉄道（石岡～鉾田間二七・二キロ）通称カシテツがあった。カシテツ沿いの造成地は開発されたニュータウンで、一戸建てが六〇〇〇万円もしたがいまは大幅にさがった。東京の会社に勤める住人が多く、造成によって六〇〇〇人の人口が増えた。通勤時間がかかっても、庭つきの白いおしゃれな一軒家に住みたい人が買った。

カシテツが廃線となったので、ニュータウンは陸の孤島と化し、家を建てた人から見れば「詐欺にあったようなもの」だ。町の谷底につながる廃線の跡はニュータウンの残骸である。カシテツの夢は枯野をかけめぐる。

都市化によって蒸発してしまった廃線もある。中央線国分寺から下河原まで走る下河原線は、多摩川の砂利を運ぶ鉄道だから、ジャリ鉄と呼ばれた。その後、府中の東京競馬場へ客を運ぶ馬鉄となり、いまは遊歩道。いろんな廃線があります。

すべてムカシの話で、優雅なローカル線の固い椅子席に座って、移りゆく車窓をながめつつ、この列車が消えてしまうシーンが思い浮かぶ。消えた鉄道がよみがえることはない。いま走っている路線をしかと見とどけておきましょう。

北海道の涙ぼろぼろ夕張鉄道から、日本海の哀愁鉄道をへて、竹林の三仙人、トンビが舞う玄界灘のコンテナ鮨（鮨屋台）で舌鼓を打ち、消えゆくシマテツ（島原鉄道）に別れをつげた。

いままで、港町流浪、秘境探索、山の湯巡り、裏町徘徊、ローカル線温泉旅、芭蕉紀行、東京逍遙(しょうよう)とさまざまな旅をしてきたが、廃線紀行は絶景珍景に爆笑しつつ涙する痛快な冒険であった。

夢まぼろしとなって風化していく濃密な時間は、年をとるほど切実にわかる。いま、この一瞬に、記憶が指さきからとろとろととろけていく。とろけながらも、八十代の新たな冒険欲にそそのかされ、下駄をつっかけて夜の酒場へでかけていく。

「あとがき」にかえて、瀬戸内寂聴さんのこと

瀬戸内寂聴さんは二〇二一年十一月九日に九十九歳で逝去された。絶筆となったのは「週刊朝日」の横尾忠則氏との往復書簡「老親友のナイショ文」。

この往復書簡は瀬戸内さんが「横尾さぁん、たぶん、この連載がつづく間に私は必ず死ぬでしょう」と始まった。「私を律義な人間だと思いこんでいる人もいるようだけど、トンデモナイ！　根がイイカゲンな人間ですよ!!」と始まります。この往復書簡のなかには嵐山もちょっとだけ登場します。連載中にケンカになり（じつは仲のいい横尾氏のサービス）「ウチワゲンカはやめましょう」と瀬戸内さんが書いている。

瀬戸内さんは九十二歳のときに『死に支度』（講談社）という小説を書いた。最終章のタイトルは「幽霊は死なない」です。五十一歳で出家した瀬戸内さんは「私はその

とき死んでいたのです。それから書いたものは、正確にいえば幽霊の私が書きつづけたものとも言えるでしょう」と述懐している。

私が編集者時代に担当した作家で、長寿になって活躍していたのは瀬戸内寂聴さんひとりで、幽霊にしては元気すぎるが、御本人がそうおっしゃっている。

瀬戸内さんは「もう私は書きに書いた。げっぷが出るほど書いてきた」。円地文子さんや平林たい子さんと「あんまり書きすぎるのもみっともないですね」と照れながら話したこともある。瀬戸内さんが、逝去する理想的年齢は、九十三歳だったらしい。ひとつおまけして九十四歳としてもこの時点であと二年あった。それまでに自分で掌を打ちたいような小説が書けたら「私はその場で悶絶して死んでもいい」と言っていた。まだ、やる気まんまんでした。幽霊の根性。

二〇〇六年十一月、瀬戸内さんは八十四歳のとき、文化勲章を受章された。その年の暮れ、居所の知れない「世話になった編集者」はじめ友人をさがして二百名余をよんで盛大なパーティーをした。そのとき瀬戸内さんは「今日は私の生前葬です。よくいらして下さいました」と挨拶した。その生前葬から十五年たって亡くなられた。

瀬戸内さんの頭にあったのは宇野千代さんが、九十四歳のときに書いた短篇「或る小石の話」であった。「秘かに、あれを越える短篇を書いて死にたい」と思いつづけてきた。宇野さんは瀬戸内さんより二十五歳上で、平成八年に九十八歳で大往生をとげられた。

瀬戸内さんは八十八歳のとき、突然旅先で腰が痛くなり、歩けなくなった。ただちに入院したものの、手術に応じなかったので、特製のコルセットと痛み止めの薬だけ貰って退院してしまった。次の病院では圧迫骨折と診断されて、手術がいやなら家で大人しく寝ていろと言われた。その道の大家と評判の高いドクターが、

「何といってもお年ですからね。まあ半年は寝てもらいましょう。そうすれば、きっと治りますよ」

と言った。そのとき初めて自分の老齢を思い知らされた。そして宇野千代さんの米寿のお祝いの会を思い出した。宇野さんは、年をとってから、風呂場の鏡に全裸の自分の姿を映し、海から上ったばかりのヴィーナスの姿を模したポーズをとり、まだまだ自分は美しいと満足を味わったすぐあとに、「でもその時、わたしの眼はれっきとした老眼だし、鏡は湯気で煙っていたのだった」と書き添えた。米寿のお祝いの会では、風呂に入っている上半身ヌードの大きな写真が、舞台の壁一杯に映し出されて、参加者を驚愕させた。

と、いろいろのことを思い出す。

瀬戸内さんは昭和四十九年に出家して、京都嵯峨野に寂庵を結んだ。そのときの寂聴さんは五十二歳で、剃りたての頭が青々として色っぽかった。

雑誌「太陽」への執筆依頼でうかがったのだが、「こんなにセクシーなのに、出家なんかしちゃって、ああもったいない」と思った。

そのとき「瀬戸内さんは、死ぬことを禁じられた樋口一葉なのだ」と思った。けれどエラソーなことをいうとひっぱたかれそうなので、モジモジして、おとなしくしていた。『嵯峨野みち』には、五十代のころの瀬戸内さんの周辺のことがいっぱい出てきて、「ああ、そうだったなぁ。あんなこともあった。こんなこともあった」となつかしさがこみあげてくる。

寂庵に至るまでの瀬戸内さんの経歴は、頭に叩きこんであった。徳島市塀裏町生まれで、神仏具商であった父豊吉、母コハルの次女であること。東京女子大学在学中に、外務省留学生として北京に在学していた青年と結婚し、長女が誕生したこと。母と祖父が、徳島戦災のとき、防空壕で焼死したこと。昭和三十二年、「新潮」に発表した『花芯』がポルノ小説だと平野謙にけなされ、以後五年間、文芸雑誌に発表の機会を失ったこと。ヒラノケンなんて「政治と文学」論争にあけくれる自称「平批評家」で、ろくなもんじゃないから、私も大嫌いだった。

文芸誌「文学者」の編集委員だった小田仁二郎と恋愛関係にあり、みんな知っているが、本人の前では口に出してはいけない。

瀬戸内さんの小説では、女流文学賞を受けた『夏の終り』のインパクトが強くて、二人の男のあいだで揺れる女の性と心理がズキズキして、胸に焼きついていた。『夏の終り』は、ヒラノケンが「今度は金無垢の私小説」と絶賛したけれど、いまさらいってても遅いや、としゃくにさわっていた。

さあこれから、というときに出家したから、そのことも「ヤケのヤンパチだなぁ」と思っていた。それくらいのことが頭にあって、「ジライを踏まないようにしよう」と思って、寂庵へ向かったのであった。

けれど初対面の瀬戸内さんは、あけっぴろげで、隠しごとをせず、ケラケラ笑って、場をやわらげてくれた。気取ったり構えたり、ナマハンカな教養なんぞは、いっさい通用しないことがわかった。ああ、バカがばれてもしかたがないな、と覚悟をきめると楽になった。話をうかがっているうちに、瀬戸内さんのコトバが五尺玉花火の粉みたいに、天からパチパチパチ降ってきて、アチチチチチ、脳が刺激されて勇気がわいてくるのだった。瀬戸内さんには、他人の悩みや悲しみを吸収する力があった。

他人の苦悩を吸いとったら、体内に悪運や不幸が入りこんで、病気になるのではないかといぶかったが、どこかに浄化装置があって、悪霊を濾過して瀬戸内さんはいたって元気なのである。もとより鍛えかたが違う。

寂庵へ通うたびに、自分がリニューアルされていくのだった。寂庵からの帰りは、いつも興奮酩酊状態で、脳がグツグツ煮えたった。

そのうち「瀬戸内寂聴・巡礼」特集をお願いした。西国三十三カ所の巡礼で、山野と古寺名刹を廻っていただく企画だが、「もう何回も行ってるから、行かなくても書けるわよ」といわれた。それで、表紙ほかの写真を撮影するため、二泊三日で行くことにした。

寂庵から大阪まではヒデヨシタクシー（おかかえの個人タクシー）で行く予定だったが、道が混んでいたから、「京都から新大阪までは新幹線にしましょう」ということになり、さっさとやってきた車輛に乗りこんでしまった。

瀬戸内さんは脚絆（きゃはん）、甲掛（こうがけ）をつけ、草鞋をはいて、同行二人の杖を持ち、菅笠をかかえている。すでに巡礼姿になっているから、新幹線で会った人がジロジロ見た。立ち席に立ったままで、「これが巡礼というものです」と、りりしくおっしゃった。

おかげで、この特集号は発売日に売り切れとなり、瀬戸内パワーの凄さに圧倒された。巡礼から帰った翌月、京都ホテルのホールを借り切って「寂聴さん大パーティー」がひらかれ、その司会をおおせつかった。会場にきていた芸妓さんたちから、「寂聴さんパーティー」の司会をするほどだから「大物編集者なんだァ」と認められて、いろんな店でチヤホヤされた。瀬戸内さんにくっついていれば、福がやってくる。

瀬戸内さんは魔法を使います。

比叡山延暦寺で修行して、天台密教の秘法を会得した。

これは、じっさい何回か見ている。巡礼で那智の滝へ行ったとき、ざんざん降りだったのに、キエーイと声をかけると、たちまち雨があがって、日が差しこんだ。二回目は、寂庵で月見をした夜、曇り空にタチノケッと号令をかけると、黒雲は立ち去り、月が見えた。三回目は岩手県天台寺へ行ったときで、これはＮＨＫテレビのお寺紀行番組の取材をかねていた。天台寺は廃仏毀釈によって荒れはてた寺になっていたが、瀬戸内さんが原稿料印税を使って復興させた。その寺で法話をして人を集めた。瀬戸内さんの御指名だから、いそいそと出かけたのはいいが、あいにくの雨模様だった。天台寺の境内には、あふれんばかりの客（バス七台）がいたが、瀬戸内さんは、大勢の聴衆を前にし、両手の指で印を結び、ムニャムニャと気合いを入れた。すると、あらや不思議、みるみる雨があがっていく気がして、その法力に一同は嘆声をあげたのであった。

法話の前に、「大勢の人に話すときは、一分に一度は笑いをとらなきゃだめです。吉本興業なみのキャリアがいります」とおっしゃった。で、法話の第一声になにが出るかと思ったら、「あなたの隣にスリがいます」という注意であった。スリが多いので、隣の客をスリだと疑って、財布のヒモをしっかりおさえておきなさい、と。これは落語用語でいう「最初のツカミ」である。

つぎは、お賽銭を入れなきゃ寺院経営ができない、という話であった。さらに、願い事はひとつにしぼる。千円札一枚入れて、あれもこれも頼むと仏様は混乱してしまうから、一回の礼拝でひとつにしぼる。それもまめに入れることが重要で、たまにきて一万円入れても効きめは薄い。なにをいっても客はドーッと笑ってうなずいて拍手している。一時間ほどの法話を聴いて、おばさまたちは憑物がとれ、晴ればれとした顔で帰っていくのであった。

いつだったか、フジテレビのレギュラー番組に出ていたころ、瀬戸内さんに出演をお願いした。ところが、前日になって急に「行かない」といいだした。

ちょうどそのころ、人気俳優のショーケン（萩原健一）が、離婚騒動でメディアに追われて寂庵に逃げこみ、瀬戸内さんが匿っていた。それを各テレビ局が追いかけ、寂庵の玄関ごしになかを撮影しようとしたため、瀬戸内さんはテレビクルーにバケツで水をかけて追い払った。一番しつこく追いかけてきたのがフジテレビだったから「そんなテレビ局へは断じて行きませんよ」ということで、担当ディレクターが「どうにか頼んで下さい」と言ってきた。

瀬戸内さんに電話して、「ショーケンさんは、要注意のモンダイ人物だから早いところ追い払ったほうがいいですよ」とおどかした。「じゃ、心配になってきたわ」といって、来て下さった。その三日後に「当人に訊いたけど、そんなことはしてないってよ」ともいった。なにが「そんなこと」かは書けないが、まさか本人に訊くとは思ってもみなかった。瀬戸内さんは明けっぴろげだからなんでも話してしまう。

番組で、尼さんの頭はいかなるカミソリで剃るのか、という話になり、瀬戸内さんが内情を話すと、一週間後に、カミソリメーカーから一年ぶんが送られてきたという。その三日後には、別のカミソリメーカーからも一年ぶんが寂庵へ送られてきて、「重宝したわよ」とほめられた。

と思い出すと、いろんな事件がつぎつぎに出てきて、話の前後がわからなくなる。

瀬戸内さんの魔法は天候だけではない。口を割らない確信犯に、本心を白状させてしまう霊力がある。瀬戸内さんの前にいくと、どれほど強情な人でも、すらすらと、秘密をしゃべってしまう。どうも不良系ほど瀬戸内さんに懐いてしまう。

瀬戸内さんには五大魔術があり、①小説家の寂聴さん、②旅する寂聴さん、③法話する寂聴さん、④自然に対峙する寂聴さん、⑤慈悲・功徳する寂聴さん、である。『嵯峨野みち』というエッセイ集には、④自然に対峙する寂聴さんの姿が出てくる。寂庵に咲く桔梗。胡瓜、茄子、さやえんどう。曼陀羅の蛍。鈴虫。レモン形の月。嵯峨野の曼珠沙華。花屏風。もみじと萩。刈った稲。旧い民家の軒に咲いている菊。雪大文字。梅、桜、すすきの穂。

瀬戸内さんの目を通すと、すべての風景が一瞬、呼吸をとめる。そして、走り出す。見えないところでタクトを振っている指揮者の意志。それは出家した人の眼の意志でもある。

読むものといえば中世の出離者の書いたもので、そんな暮らしをしていると塵界遠く離れて住む気分になる。銀座で対談したとき、瀬戸内さんは、「出家した理由をいろいろ考えたけれど、つまりは更年期障害だったのよ」と、こともなくおっしゃった。そうだったのかぁ、とそこに居あわせた人は大笑いして納得した。

しかし、真相はどうだろうか。いろんな人に「なぜ出家したのか」と訊かれるので、いちいち説明するのが面倒になり、質問者が一番わかりやすい答を用意している。瀬戸内さんは、そういう人なのだ。

瀬戸内さんは、死ぬことを禁じられた樋口一葉である。自分をもてあまして嵯峨野に隠棲し、孤独に対峙し、生きる意味を問いつづけた。

瀬戸内さんの出家の理由は、『嵯峨野みち』に出てくる自然と対話する姿をみれば、おのずとわかるはずだ。この本を入口として瀬戸内文学を読んでいくと、死ぬのが楽しみになりますよ。

といったって、自殺しちゃ困るけれど、自分の運命を受け入れる余裕がでてくる。死んだら、どうなるのか、とわくわくしてくるんですね。銀座の町を歩く瀬戸内さんをみて、女子学生が手をあわせて拝んでいた。平成の生き仏となった瀬戸内さんは、虚空をみて、皇居方面へタッタッタッタッと歩いていきました。

数え年九十五歳のとき大病からよみがえり、掌（てのひら）小説集『求愛』（集英社）を刊行した。二〇一三年から雑誌「すばる」に連載し、手術入院のため九カ月休載して、二〇一六年三月号に完成した執念の労作です。掌小説とは短篇よりさらに短い小説で、それが三〇篇ある。

怖いですよ。読み出すと止まらない。

一篇を読み終わると冷や汗がだらーりと出ます。二篇を読むと親指を握りしめて汗がぼたぼたと流れ、あ、この話のモデルはアノヒトだ、と知人の顔が思い浮かぶ。三篇読むと、とんでもない女だと腹がたち（登場人物がですよ）、汗びっしょり。それもそのはず、その話のモデルはあなた自身だからです。このへんでやめておけばいいのに第四篇を読むと、男も女も身に覚えがある話に震えがきて、さーっと血の気がひき、怖いもの見たさで第五篇に突入すると、全身が汗でずぶぬれとなり、頭がひんやりとして覚醒する。

瀬戸内さんは、京都の寂庵や三十三間堂での法話、岩手県天台寺の「あおぞら説法」で、悩める人々に「言葉のオクスリ」を処方している。お釈迦様が二六〇〇年前に、青空の下で説法したのと同じスタイルである。生き仏となって、瀬戸内さんの話を聞いて自殺をやめた人もいる。

瀬戸内さんは、小説家に戻ると、魔神が乗り移って、ダブル不倫、官能の地獄極楽、売春婦の倦怠、プレイボーイ夫の末期、交通事故死のヘルス嬢、妻に捨てられた夫、夫を買った女をズケズケと書く。手を抜かない。いくつになっても現役だった。

小説家の瀬戸内さん（現役の女性）と宗教者としての寂聴尼（悟りの境地）がせめぎあうところに、生命の火花がスパークする。

古い因習をはねのけて自己の道をつらぬいてきた瀬戸内さんは、ポキポキとしたドライな文体で、小説のプロットだけを簡潔に書いていく。一見すると小説アイデア集、下書きのメモ、あるいはショートショートを思わせるが、三〇篇の掌小説が合体して、男と女の恋情の宇宙が現出する。枯れていません。

ひとつとして同じ話はないが、登場人物に共通するのは、愛を求めて彷徨し、精神的な傷を負っている。

第一話の「サンパ・ギータ」は「ホテルの指定された部屋には鍵がかかっていなかった。」という一文で始まる。軽くノックしてドアを押してみると、すっと開いた。旅疲れしている中年男は五分刈りの頭髪が相当にのび、顎や鼻の下の無精髭（ぶしょうひげ）がのびている。空港に近い町のホテルは垢ぬけせず野暮ったい。こんな町で女を買う男にロクな人生なんてあるはずがない。さて、どうなるか。

第三話「露見」の「俺」は暮れから正月にかけては、情を通じた女と旅にばかり出ている。女と正月を過ごすと家族より自分を愛されていると思うのか、常より情熱的になった。旅さきでの元旦に、妻から電話があり、「別れて下さい」と言われる。「男ができたのか」「…はい」「どこのどいつだ」。妻とできた男の正体があかされ、あっと驚く結果をむかえる。どんどん怖くなっていきます。

第四話「夫を買った女」は、このタイトルでK新聞社の自分史の懸賞に応募をして佳作となった女の話。女はわけあって隣県のヘルスで働き指名ナンバーワンの売れっ子となった。K新聞社の懸賞係の男は、この女のマンションに通い、夫が留守のあいだ密会して情事を重ねる。女には三歳の双児の女児がいたが保育園に預けていた。その女が交通事故で即死し、葬儀場へ行くと、海運王オナシスに似た老紳士に声をかけられる。さて……と女の秘密があかされます。

全編に死の影があって、それがあっけらかんとしていて、不倫も、死出の旅も夜の秘密の電話も、不倫相手との「最後の晩餐」も心中未遂も、性愛も官能も死の予感もありふれた日常生活のなかにある。

標題作の「求愛」は、南米のコロンビアへ出かける「おれ」のラブレター。「おれ」の女房は「おれ」よりも九歳年上のトラック運転手と逃げ、「きみ」の御亭主も家を去って三年たつ。偶然、発車間ぎわの新幹線で隣席に座った高校同級生の「きみ」と「おれ」は、お互いケータイを取り出して軀を寄せあい、メールで話しつづける。このシーンはセクシーでエロでダイナミックで、映画みたい。たちまち恋仲となり、性の相性はもう試験ずみだ。「おれ」は五十一歳である。コロンビアで二カ月ほど過ごすが生きて帰ればまっすぐに「きみ」のところへ行く……。

瀬戸内さんが手術後、二〇一五年五月号に書いた「どりーむ・きゃっちゃー」は、「おれ」が性交中に九十一歳の魅力的な女性からケータイに電話がかかってくる。なんだか瀬戸内さんがモデルみたい。枕の端に突っこんだケータイをとりあげると、時刻は二十三時四十五分。「おれ」は「腰を引きつけようとする女」の口をふさぎ、右手のケータイを耳に押し当てる。「どりーむ・きゃっちゃー」は、「おれ」が南米の通りすがりの町で、インディアンの女から八ドルで買った安物の工芸品で、ベッドの真上に吊るしておくと、すばらしい夢をみるという。

それを九十一歳の女性の部屋に吊るしてやった。九十一歳の女性とはキスひとつしたことはなかった。

ベッドで女と寝ている最中に真夜中の電話がかかり、「おれ」は女の首を左手で巻いた。すると……。

こうなるとスリラーですね。「天国と地獄を同列に見せるのが性である」という瀬戸内さんの人間認識は『求愛』の三〇篇のドラマとなって躍動している。

瀬戸内さんの遺作となった横尾忠則との『老親友のナイショ文』を読みながら、あんなこと、こんなこと、あとはヒミツの話まで思い出す。

という次第で、やたらと長い「あとがき」になってしまった。

本書は、二〇一七年八月　新講社より刊行された。

ちくま文庫

枯(か)れてたまるか!

二〇二三年九月十日　第一刷発行

著　者　嵐山光三郎（あらしやま・こうざぶろう）

発行者　喜入冬子

発行所　株式会社　筑摩書房
東京都台東区蔵前二―五―三　〒一一一―八七五五
電話番号　〇三―五六八七―二六〇一（代表）

装幀者　安野光雅

印刷所　星野精版印刷株式会社

製本所　株式会社積信堂

ISBN978-4-480-43903-1 C0195